KB220567

들꽃내음 따라 걷다가
작은책집을 보았습니다

헌책방이라는 책숲으로 서른걸음

벼리

숲길을 걷고 싶어서

1994년 8월부터 2024년 8월 사이

1

'책집마실' 또는 '책숲마실'을 언제 처음 다녔는지 떠오르지 않으나, 언니와 어머니 심부름으로 일곱 살에 마을책집에 다녀온 날이 떠오르곤 합니다. 1981년에 다녀온 마을책집은 "5층짜리 아파트가 열다섯 동 모인 조그마한 마을에 있는 2층짜리 상가"에서 2층 안쪽에 있었습니다. 1층에는 문방구이면서 만화책과 잡지책을 두는 곳이 있었어요. 어쩌면 대여섯 살에 처음 심부름을 혼자 다녀왔을 수 있어요.

스스로 읽을 책을 스스로 장만하려고 다닌 마실길은 1982년부터입니다. 만화책과 만화잡지를 언니하고 푼푼이 돈을 모아서 함께 장만했습니다. 언니가 몇 더 있거나 동생이 있었다면, 만화책과 만화잡지를 더 많이 느긋이 장만했을 텐데 하고 으레 생각했어요. 둘이 모으는 살림돈으로는 만화책이나 만화잡지를 한두 가지 겨우 살 뿐입니다. 그래서 언니는 늘 "적어도 100번 읽을 만한 만화책으로 골라야 해!" 하고 으르렁거렸습니다. 그도 그럴 까닭이 한 달치 살림돈을 박박 모아서 한 달에 두어 자락쯤 겨우 장만하니까, 100벌을 되읽을 만화책이 아닌 300벌이나 1000벌쯤 되읽을 만한 만화책을 알아보아야 했습니다.

마을책집에 심부름을 가서 "어느 만화책을 사야 언니한테 꿀밤을 안 받을까?" 하고 걱정합니다. 또래나 마을 언니는 마을책집에 오면 얼른 후다닥 책을 골라서 삽니다. 저는 한참 쭈뼛거리면서 살핍니다. 이때에 '어깨너머'로 살피는 눈길을 익혔습니다. 앞서 온 책손이 먼저 고르는 책을 눈여겨보면서 줄거리를 미리 보았어요. 이러면 책집지기 눈치를 안 볼 만합니다. 짧으면 한 시간, 길면 두어 시간쯤 책집을 서성이면서 웬만한 만화책을 다 돌아보고 나서야 겨우 하나를 집어서 삽니다.

책집에 심부름을 간 아이가 한 시간이나 세 시간쯤 안 돌아오면, 어머니는 걱정하고 언니는 잔뜩 부아가 납니다. 집에 돌아와서 실컷 꾸지람과 꿀밤을 먹되 "재미없는 만화책을 고르진 않았네?" 하는 말을 들으면서 겨우 넘어갔습니다.

2

이웃하고 함께 읽고 싶은 책을 느낌글로 처음 쓴 때는 아마 1991년이라고 떠오릅니다. 고등학교 1학년이던 그무렵, '교지'라는 데에 싣는다든지, 그저 또래한테 건네려고 책느낌글을 드문드문 토막토막 적었습니다. 책느낌글은 1994년에 '인디텔'이라고 하는 데에 들어가면서 비로소 제대로 쓰기로 했고, 1994년에 서울에 있는 한국외국어대학교에 들어가면서, 또 이해부터 '수람'이라는 이름인 "장학퀴즈 출연자 모임"에서 학술부로 들어가면서, 그리고 1995년에는 '수람 학술부장'으로 지내야 하면서 조금 더 바지런히 쓰려고 했습니다.

이즈음 쓴 글은 제 곁에 거의 안 남았습니다. '인디텔'도 사라졌고, '수람'이라는 모임에서 나왔고, '나우누리'로 옮겨서 글을 썼으나 '나우누리'도 사라졌습니다. 무엇보다도 1995년 11월에 군대에 들어갔습니다. 강원 양구 멧골짝에서 가장 깊고 높은 곳으로 갔어요. 저는 이즈음 "왼눈 1.5 + 오른눈 0.1"이었고, 코머거리인 몸이라 여느 때에도 숨을 제대로 못 쉬었기에 군대에 갈 수 없었습니다만, 군의관이 제 앞에서 스스로 밝힌 말 그대로 "줄을 잘못 서서" 현역으로 들어갔습니다. 수원지방병무청 군의관은 다른 사람도 다 들릴 만한 목소리로 "병원진단서 25만 원이면 면제 대상인데 왜 진단서를 안 떼왔나?" 하고 물었어요. "재검으로 처리해 줄 테니 진단서를 떼오겠나?" 하고 더 묻더군요. 1995년에는 신문배달을 하면서 살림돈을 벌었는데, 이무렵 제 한 달 벌이는 16만 원이었습니다. 25만 원이라는 목돈은 어림조차 할 수 없었습니다. 그래서 군의관한테 "군의관님 양심에 따라서 신체검사를 해주십시오. 면제 대상이라면 진단서가 없어도 면제일 테고, 면제 대상이 아닌데 진단서를 떼오는 사람한테 면제를 준다면, 법에 어긋나는 일 아닙니까?" 하고 대꾸했습니다.

신체검사를 수원에서 받고서 인천으로 돌아간 저녁에, 어머니한테 몹시 꾸지람을 들었어요. 어머니는 "아이고, 애야! 25만 원은 엄마가 내줄 수 있지! 군대에 안 갈 수 있는데, 왜 재검 신청을 안 했어! 이 바보야!" 하시더군요. 어머니 말씀을 더 들어 보니, '군의관한테 25만 원을 주면 그 자리에서 면제를 해주겠다'는 속뜻이니, 그럴 때에는 집에 전화를 걸어 보겠다고 하면서, 집에서 돈을 부치면 바로 되는 일이라고 하더군요.

어머니 말씀을 듣고서 돌아보니, 참말로 수원지방병무청 공중전화에 줄선 또래가 많았습니다. 다들 집에 전화를 걸어서 "돈 부쳐 달라!"고 물었구나 싶더군요. 2024년에 되새겨 보자면, 이런 일이 '밑바닥부터 퍼지는 군대비리'일 텐데, 돈과 이름과 힘이 없는 수수한 사내라면 모두 거쳐야 하는 죽음 같은 수렁입니다.

그렇지만 "군대에 끌려간 삶"을 하루조차 싫어하거나 미워한 적이 없습니다. 돈이나 누구 뒷힘을 써서 군대에서 빠져나올 마음이 없었고, 인천에 수두룩한 어느 공단에 '견습공'으로 들어가서 조금 '썩'으면 군대에 안 가도 된다고 귀띔하는 얘기도 익히 알았지만, 또 대학원 박사과정으로 가면 군대에 안 가는 길이 있다고 '수람(장학퀴즈 출연자 모임)' 언니들이 귀가 따갑도록 알려주었지만, 이 모든 말을 손사래쳤습니다. 돈도 이름도 힘도 없는 수수한 사내가 모조리 끌려가서 굴러야 하는 '그곳'에 나란히 깃들어서 스무 살을 보내자고 생각했어요.

3

군대 스물여섯 달 동안 책을 한 자락도 못 읽었습니다. 하루 한두 시간 쪽잠을 누릴 겨를마저 없도록 구르면서 스물여섯 달을 살았습니다. 일찌감치 새벽 신문배달을 두바퀴(자전거)를 달리며 했던 터라, 언제나 새벽에 일찍 먼저 일어났고, 밤지기(불침번)도 고단한 적이 없었습니다. 인천과 서울에서는 볼 수 없던 뭇별을 밤마다 보니 놀라웠고, 그저 하늘을 올려다보기만 해도 별똥이 슉슉 지나갔고, 낮이면 맨눈으로 금강산을 바라볼 수 있기에 가슴이 시큰했습니다.

나비를 늘 눈여겨보았기에 강원 양구 멧골에서 만난 커다란 사향제비나비 무리는 두고두고 못 잊습니다. 커다란 어미 멧돼지를 만난 일이라든지, 도깨비를 본 일이라든지, "군의문사로 죽은 넋(귀신)"을 곳곳에서 만나며 이들이 어떤 응어리가 졌는지 들은 일이라든지, 한국전쟁 때 죽은 사람이 묻힌 자리를 풀숲에서 마주친 일이라든지, 종이책으로는 읽을 길이 없고 알 길조차 없는 이야기를 날마다 새롭게 보고 듣고 겪은 스물여섯 달입니다. 그래서 이동안 책이 곁에 없어도 허전하지 않았어요. 숲책과 마음책과 살림책과 하늘책과 풀꽃나무책이 노상 쓰다듬고 보듬어 주었습니다.

4

1997년 12월 31일에 군대에서 나왔습니다. 함박눈이 펑펑 쏟아지는 날이라서, 양구 도솔산 꼭대기부터 걸어서 내려왔습니다. 처음에는 짐차(군트럭)에 실려 내려왔지만, 짐차가 더는 갈 수 없을 만큼 눈이 쌓여서 뚜벅뚜벅 눈길을 헤치며 걸었습니다. 주민등록증을 비로소 돌려받은 이날 저녁에 서울 용산 〈뿌리서점〉에 먼저 들렀고, 인천 배다리 〈아벨서점〉까지 들러서 "이제 밖(사회)으로 돌아왔습니다." 하고 절을 했습니다. 어머니 아버지보다 책집지기 두 분한테 먼저 절을 했습니다.

이리하여 저로서는 1998년부터 제대로 '책글'과 책느낌글을 썼다고 할 만합니다. 2004년에 《모든 책은 헌책이다》를 써냈습니다. 저한테는 첫 책인데, 제 이름을 새긴 책을 낼 마음은 없었습니다. 저는 제 이름을 어디에도 안 남기면서 '낱말책(국어사전)'을 엮고 쓰는 사람으로 조용히 지내려고 했어요. 2003년 9월부터 이오덕 어른이 남긴 글을 갈무리하는 일을 맡았는데, 이때에 이오덕 어른 큰아드님이 저한테 "최종규 씨 자네는 자네 이름이 박힌 책이 있어야 해. 자네가 너무 모르는데, 책을 썼다고 해서 대단한 사람은 아니지만, 자네 이름으로 쓴 책이 있어야 다른 사람들이 자네를 깔보지 못 해!" 하고 단단히 나무랐습니다. "왜요? 책을 썼대서 대단하지 않다면서 왜 제 이름으로 책을 내야 합니까?" 하고 대꾸했어요. "허허, 이 사람 보게. 우리 아버지(이오덕) 글을 정리하는 일꾼이 새파란 젊은놈이라고 여기저기서 얼마나 시끄러운데. 우리 아버지 일도 일이지만, 틈틈이 자네 책도 좀 쓰게!"

2001년 1월부터 2003년 8월까지 《보리 국어사전》 첫 편집장이자 자료조사부장으로 일하면서 온갖 책을 신나게 읽을 수 있어서 날마다 홀가분했습니다. 이 일을 그만두고 나서는, 이오덕 어른이 돌아가신 멧골집에 깃들면서 날마다 새롭게 배우는 마음이었습니다. 이때가 스물아홉 살이었을 텐데, '고작 서른 살에 첫 책을 쓴다니, 나도 참 창피한 짓이로구나. 예순 살쯤 이르러 첫 책을 내면 모르되, 참 이르구나. 책집에서 만나는 어른들한테는 뭐라고 말하지?' 하고 혼자서 생각에 잠기곤 했습니다.

그런데 막상 서른 살에 첫 책을 내니, 책집단골로 만나는 어른들이 모두 기뻐하고 반기셨어요. 저처럼 까칠하게 보는 눈으로 책과 삶과 말을 짚는 이야기가 재미나다고 하시더군요. '설마? 그냥 하시는 말이겠지?' 하고 여겼으나, 이 생각을 입밖으로 내지 않았습니다.

5

《들꽃내음 따라 걷다가 작은책집을 보았습니다》는 '새파란 젊은이'로 살던 나날부터 '두 아이 아버지'로 시골에서 살림하는 오늘 사이에 만나고 듣고 겪고 배우고 돌아본 '책숲'을 어떻게 바라보았는지 추스른 글과 빛꽃(사진)으로 묶습니다. 서른 해 글더미에서 조금조금 추려서 서른걸음 이야기꾸러미를 여미어 봅니다.

거의 모두라 할 빛꽃은 필름사진이며, 웬만한 모습은 이제 다시 찾아갈 수 없는, 사라진 책집 모습입니다. 필름사진은 2012년을 끝으로 더 못 찍었습니다. 껑충 뛴 필름값 탓도 있으나, 제가 쓰던 필름을 우리나라에서는 웃돈을 주고도 더 살 수 없었기 때문입니다. 마지막으로 찰칵이에 재운 필름은, 마지막으로 찍은 빛꽃과 함께 그대로 있습니다. 찰칵이에서 안 꺼냈습니다. 앞으로도 굳이 꺼내고 싶지 않습니다. 제 필름을 만져 주신 분이 더는 빛꽃밭에서 일하지 않으시기에, 다른 사람 손에 필름을 맡기고 싶지 않더군요.

마을사람들 곁에서 조용조용 책빛을 나누면서 책씨를 나누던 작은 헌책집 이야기를 스무 해 만에 여밉니다. 헌책집 한 곳마다 따로 '기념사진책'을 묶어서 드리고 싶은데, 벌써 흙으로 돌아가신 분이 많고, 가게를 접으신 분이 많습니다. 그래도 책숲마실을 하는 동안 늘 종이로 빛꽃을 뽑아서 드렸습니다. 모두 하늘빛 마음으로 아늑히 쉬실 수 있기를 바라요.

그리고 '손길책'은 새말입니다. '헌책'을 가리킵니다. '헌책'을 낮잡는 글바치가 대단히 많은 터라, 헌책집이라는 곳을 고르게 곱게 곰곰이 바라볼 만한 이름을 생각해 보았고 '손길책집'이나 '손빛책집'처럼 쓸 수 있으리라 보았습니다.

우리가 찾아가는 책숲(도서관)에도 손길책이 있습니다. 여러 사람 손길을 타면서 빛나기에 손길책입니다. 헌책집에서도 책숲(도서관)에서도, 우리 손길을 타는 동안 새롭게 빛나면서 푸른숨결로 스미는 책입니다. 오래숲과 오래마을로 잇는 오래빛을 책 한 자락에서 느끼고 나누는 하루에 《들꽃내음 따라 걷다가 작은책집을 보았습니다》를 길동무로 삼아 주시기를 바랍니다. 고맙습니다.

'말꽃 짓는 책숲 숲노래'에서, 글쓴이 적음.

책이 주인을 기다립니다
-무리-

들꽃내음 따라 걷다가
작은책집을 보았습니다

들꽃내음 따라 걷다가
작은책집을 보았습니다

1994.8.17. 요즈음 대학생은

요즈음 대학생은 공부를 하지 않는다고 나무란다. 그럼, 대학생은 무슨 공부를 해야 하나? 무엇을 배우고 익혀야 하는지부터 말하고 나서 나무라야 맞지 않을까? 대학교를 마친 이는 무엇을 배우는 나날인가? 서른 살이나 마흔 살인 분은 날마다 무엇을 배우는가? 쉰 살이나 예순 살인 분은 나날이 무엇을 배우는가?

나는 티브이도 안 보고 라디오도 듣지 않는다. 하나같이 잔소리로 시끄럽다고 느낀다. 사람이 살아갈 이야기나, 사람으로서 배울 이야기나, 사람으로서 나눌 길을 티브이나 라디오에서 아예 안 다루지는 않을 테지만, 으레 뜬금없는 잔소리로 가득하다고 느낀다.

내가 지내는 작은 칸에는 책이 800자락쯤 쌓였다. 얼마 안 되는 부피이다. 고등학교 2학년 무렵부터 자율학습과 보충수업을 으레 빼먹고 헌책집을 드나들면서 하나둘 장만한 책이다. 이레마다 이틀씩 헌책집을 다녔되, 하루에 3000~5000원을 겨우 갈라서 책을 살 수 있던 터라, 허름한 책으로 골라서 300~500원짜리 책을 열 자락씩 장만했다. 고등학교를 마친 뒤에도 주머니는 홀쭉하기에 1000원짜리 헌책이라면 살 수 있지만, 1500원이나 2000원 값만 붙어도 움찔한다.

그래서 헌책집에 가도 한참 서서 읽는다. 1500원이 넘는 책은 모두 서서읽기를 한 뒤에 내려놓고는, 이다음에 다시 그 책을 만나면 또 서서읽기를 한다. 두어 평쯤 될 작은 칸에 들여놓을 틈이 빠듯하기도 하지만, 되읽고 또 되읽고 거듭 되읽으면서 마음에 새기려고 한다.

올해 1994년에는 어제 8월 16일까지 226자락을 새로 샀다. 300~1000원짜리 헌책을 226자락 샀으니, 헌책집에서는 서서읽기로 2260자락을 읽었을까? 아니, 4520자락을 읽었을까? 어쩌면, 6780자락을 읽었을 수 있다. 1자락을 사려면 10자락을 읽자고 여겼으니까, 사서 느긋이 읽고 싶은 책은 잔뜩 있지만 주머니가 안 되기 때문에, 어느새 1자락을 사려면 20자락도 읽고 30자락도 읽는 손길로 바뀌어 간다. 책은 읽으면 읽을수록 새롭게 읽고 싶은 갈래가 늘어난다. 이쪽 책을 파다 보면 저쪽 책이 보이고, 저쪽 책에 파묻히려고 다가가면 그쪽 책이 보인다. 낯선 이름인 사람들이 남긴 책을 읽는다. 해묵은 예전에 나온 책을 읽는다. 이웃나라에서 나온 책을 읽는다. 이렇게 읽다 보면 책집지기가 부른다. "이봐, 학생, 이제 가게 문 닫을 때인데, 아직 책 못 골랐어?" 부랴부랴 주섬주섬 챙겨서 헐레벌떡 나온다.

나 같은 요즈음 대학생이 있을까? 틀림없이 어디에 누가 있겠지. 비록 내가 나 같은 요즈음 대학생을 못 만났을 뿐이다. 그래서 나는 '신세대 대학생'이 아니다. 나는 '자퇴하고 싶은 대학생'이다. 나는 '스스로 배우고 싶은 아이'이다. 나는 젊은이나 대학생이라는 이름이 아닌, 아직 코흘리개 책버러지 한 마리일 뿐이다.

1994.11.2. **뽕맞은 놈처럼**

사람들은 나를 보며 도무지 뭐하는 놈인지 모르겠다고 한다. 그런데 나도 내가 참으로 뭐하는 놈인지 모른다. 나는 나를 모르기 때문에 온 서울 골목을 걸어다니면서 '숨은 헌책집'을 찾아나선다.

왜 헌책집을 찾아나서느냐 하면, 돈이 얼마 없는 탓이다. 또래나 윗내기를 보면 새책을 넙죽넙죽 잘 사더라. 그런데 나는 인천에서 서울로 오는 전철삯 800원조차 버겁다. 새벽마다 집에서 첫 시내버스를 타고서 주안역까지 나오면, 인천에서 서울로 달리는 둘째나 셋째 전철을 탈 수 있는데, 그야말로 손님이 미어터진다. '경인선'이라 일컫는 전철은 그야말로 지옥철이다. 한 칸에 500사람만 타도 널널해 보이고, 웬만하면 1000이 넘고 1500에 이르는 사람이 그득그득 탄다.

서울 지하철에는 에어컨이 있더라. 처음 봤다. 인천 전철에는 선풍기마저 없기 일쑤여서 미닫이를 연다. 여름에 경인선 전철을 잘못 타면 미닫이가 안 보이는 곳으로 줄줄줄 밀려서 납작쿵으로 치이는데, 한 시간 사십 분 남짓 납작오징어로 밟히고 밀리다가 겨우 주안역이나 외대앞역에서 내리고 나면 몸도 옷도 머리카락도 후줄근하다. 온몸은 땀에 폭 젖는다.

그런데 이 지옥철 열린 미닫이로 네발나비나 노랑나비나 흰나비나 부전나비가 슥 들어왔다가 나가더라. 둘레가 논밭으로 고즈넉한 부천 기스락을 지날 때에 곧잘 나비가 드나드는데, 지옥철에 들어온 나비는 사람들 머리 위하고 전철 보꾹 사이를 가볍게 팔랑거린 다음에 아무렇지 않게 다시 미닫이로 살며시 나가는구나.

학과 선배는 나를 볼 적마다 "넌 뽕맞은 놈처럼 뭐 하는 지랄이냐?" 하고 묻는다. 인천하고 서울은 길그림으로만 보면 마치 아주 가까운 듯싶지만, 아주 멀다. 삶도 삶터도 사람도 다르다. 인천사람은 누구나 지옥철에 시달리면서 다부지게 견디지만, 서울사람은 지옥철을 모른다. '만원전철'이야 신도림이나 사당 같은 데에도 있지만, 인천과 서울 사이가 어떤 지옥철인지 모르는 서울내기가 내뱉는 말은 피식 웃으며 한귀로 흘린다. 아침저녁이 아니라, 새벽과 밤마다 지옥철에 시달리는 몸을 보면, 학과 선배 말마따나 "뽕맞은 놈"처럼 보일 만하다. 넋을 잃을 만큼 고달프니까. 땀을 새벽과 밤마다 호졸곤하게 빼니까.

그래서 더 헌책집을 찾아간다. 지쳐서 쓰러지려는 몸에 기운을 불어넣으려고 헌책집을 찾아가서 책을 읽는다. 납작오징어로 짓눌리거나 밟히거나 치이더라도 손을 위로 뻗어서 책을 읽으면, 한 칸에 1500 사람이 넘게 탄 숨막혀서 죽겠는 지옥철에서조차 '찌끄러진 몸'을 잊은 채 '나비처럼 홀가분히 팔랑거리는 마음'으로 접어들 수 있다. 게다가 새벽에 서울로 오는 길에 석 자락을 읽고, 서울에서 인천으로 돌아가는 길에 석 자락을 읽는다. 어느 날은 하루에 이 지옥철에서 책을 열 자락 읽기도 했다.

1994.12.29. 나는 내가 불쌍한가

나는 뭘 생각하면서 하루를 보냈는가 하고 올해를 돌아본다. 중학교에 들어간 1988년부터 세 해 동안, 날마다 새벽 다섯 시 오십 분에 집을 나서서 걸으면 학교에 새벽 여섯 시 이십 분 무렵에 닿고, 이때부터 혼자 조용히 책부터 한 시간 남짓 읽고서 그날 익힐 수험공부를 했다. 고등학교에 들어간 1991년부터 세 해 동안, 새벽 다섯 시 이십 분 즈음 집을 나서서 걸으면 학교에 새벽 여섯 시가 안 될 무렵에 닿고, 이때부터 한 시간 반 남짓 호젓이 책부터 읽고서 그날 익힐 대입공부를 했다.

나는 내신과 입시만 쳐다볼 마음이 없었다. 푸른 여섯 해를 교과서와 참고서에 바치고 싶지 않았다. 어머니나 교사나 둘레 어른이나 또래는 한목소리로 "야, 네가 읽고 싶은 책은 대학생이 되면 얼마든지 읽을 수 있어! 오늘은 1초라도 더 입시공부를 할 때야!" 하고 으르렁댔다. 그러나 나는 "아니야. 오늘 읽을 책은 오늘 읽어야 해. 난 아름다운 책을 읽을 생각이야. 아름다운 책은 한 벌만 읽고서 다시는 안 읽을 책이 아니야. 열네 살에 읽은 책하고 열일곱 살에 읽은 책은 달라. 스물네 살과 스물일곱 살에 읽을 책도 달라. 똑같은 '오스카 와일드'나 '서머셋 모옴'이라 하더라도, 처음 읽을 때하고 나중 읽을 때는 달라." 하면서 손사래쳤다. 그리고 남들이 안 보는 이른새벽을 골라서 책을 읽으려고 언제나 일찌감치 집에서 나왔다.

어스름한 새벽에 길을 걸으면서 책을 읽는다. 50분씩 수업을 마치는 사이 10분을 쉴 적에도 책을 읽는다. 낮과 저녁에 학교에서 도시락을 먹으면서도 책을 읽는다. 책을 읽고 싶으니 동무들하고 책상을 붙여서 도시락을 먹고 싶지 않았다. "야, 밥먹을 적에는 얼굴 보며 얘기 좀 하자!"는 동무들한테 손사래를 치면서, "하루 내내 쳐다보는데 무슨 얘기를 또 더 해? 나야말로 조용히 책 좀 읽자!" 하면서 달아났다.

대학교 1학년으로 보낸 올해를 하루하루 곱씹는다. 나는 뭘 하자고 이런 쓰레기밭에 멀쩡히 들어왔을까? 그나마 2학기는 수업료로만 150만 원을 냈지만, 1학년 1학기에는 등록금이니 무어니 하면서 자그마치 400만 원이나 내야 했다. 대학교란 곳은 대학생한테 이렇거나 큰돈을 받으면서 뭘 하는가? 도서관에 가 보면 책다운 책은 안 보이는데, 학과 수업이나 교양 수업도 너무 엉터리에 엉망 같은데, 그저 "서울에 있는 손꼽히는 대학교라는 간판"을 '졸업장'으로 따면, 네 해치 비싼 배움삯을 한달음에 씻어낼 만한 '대기업 취직'을 이룬다고 부추기는 꼴인가?

새해에는 2학년이 되는가? 2학년이 되면 새내기한테 뭘 보여주고 뭘 말하고 뭘 이끌어야 하는가? 93학번이나 92학번이나 91학번 선배가 우리한테 한 짓거리를 새내기한테 되풀이할 마음은 없다. 벌써부터 93학번 선배는 우리더러 95학번 새내기한테 '신입생 신고식'을 어떻게 하겠느냐고 낄낄대면서 묻는다. 나는 94학번 또래들한테 먼저 외쳤다. "너흰 우리가 올해 2월에 치른 '소주 한 병 원샷'을 95학번 새내기한테 똑같이 시킬 셈은 아니지? 너희들 그딴 짓 똑같이 할 셈이면, 우리는 이제 서로 남남이 되자. 새내기한테 신고식을 시키고 싶으면 '마시고 싶은 사람만, 소주 한 잔 홀짝'만 시키자. 제발 바보짓을 따라 하지 말자! 바보짓을 우리부터 멈추고 없애자! 이렇게 말했는데도 슬그머니 바보짓을 시키려고 하면, 판을 확 뒤집어엎겠어!"

오늘도 이튿날도, 또 올해 마지막날인 12월 31일도 헌책집에서 하루를 보내려고 한다. 아침 일찍 헌책집으로 가서 그곳에서 세 시간을 머물다가, 다른 헌책집으로 옮겨서 세 시간을 보내고, 마지막으로 다른 헌책집으로 옮겨서 세 시간을 보낸 뒤에, 막차를 타고 집으로 돌아올 생각이다.

이런 나는 불쌍한 놈일까? 미팅도 소개팅도 안 나가니까, 그렇다고 여자친구를 사귀지도 않으니까, 선배나 동기라는 사람들이 부르는 술자리에 있다가도 "화장실 다녀올게." 하고 말하고는 얼른 헌책집으로 달아나서 한 시간쯤 실컷 책을 보다가 마치 아무 일도 없었다는 듯이 술자리로 돌아와서 앉으니까, 참말 불쌍한 놈일 수 있겠다.

그래, 남들은 나를 불쌍하게 보라고 하지 뭐. 둘레에서 나를 미친놈으로 보라고 하지 뭐. 나는 내 길을 걸어갈 뿐인걸. 나는 대학생으로 살고 싶지 않은걸. 나는 스무 살이라는 나이를 그저 스물이라는 삶이 무엇인지 돌아보면서 새해를 맞이하려는 뜻인걸. 아무래도 새해에는 자퇴를 하고서 군대에 가야겠다.

1995.4.5. **특권계급**

지난해 가을에 어느 공장에서 한동안 곁일을 했다. 그 공장에는 고등
학교만 마친 채 일하는 또래가 둘 있는데, 그곳에서 일하는 동안 같이
밥을 먹고 한참 이야기를 했다. 두 아이는 내가 다닌다는 대학교 이름
을 듣고는 눈이 휘둥그레지더라. "야, 넌 그런 좋은 대학교에 다니면서
왜 이 공장에 와서 일을 해?" 어쩐지 부끄러웠다. 아무 대꾸를 할 수 없
더라. 공장 또래는 "난 있잖아, 이 공장이 가족적인 분위기라서 좋아하
고 대우도 잘해 주지만 때려치울 생각이야. 왜냐하면 대학이란 이름
을 얻고 싶거든. 대학이란 이름을 얻으면 월급도 더 많고 진급도 빨라.
고졸은 월급도 적고 진급도 더뎌. 그러니 네가 좀 도와주라. 입시준비
는 어떻게 하고, 뭘 챙겨야 하는지 좀 알려줘."

　어제 4월 4일에 짐을 다 꾸렸다. 오늘 4월 5일에 내 짐을 몽땅 싣고
서 서울 이문동 한겨레신문사 이문휘경지국으로 옮겼다. 내 짐이라고
해보아야 옷보퉁이 하나에 책 몇 백 자락이 다이다. 어머니가 눈물을
글썽이며 묻는다. "종규야, 꼭 집을 나가서 혼자 살아야겠어? 새벽에
신문배달을 하면서 대학교에서 공부는 어떻게 해? 그냥 집에서 다니
면 안 돼?" "어머니, 새벽과 밤으로 지옥철로 오가느라 하루에 다섯 시
간을 길에서 쓰잖아요. 새벽에 일하는 신문배달은 고작 두 시간이에
요. 세 시간이나 비고, 전철삯과 버스삯도 아낄 뿐 아니라, 오히려 살
림돈까지 버는걸요. 그리고 우리 아버지는 꼴보기싫은 작은아들이 집

에 없으니 후련하실 테고요."

아직 어머니한테는 대학교를 자퇴하겠다는 말은 안 했다. 가을에 군대에 갈 즈음 자퇴서를 낼 셈이다. 졸업장을 왜 따야 하는가? 졸업장은 그 사람을 밝히지 못 한다. 그 사람은 오직 그 사람 속빛으로 밝힐 뿐이다. 졸업장이 없기 때문에 그 사람한테 일삯을 적게 주거나 진급을 안 시킨다면, 그런 일터나 나라가 엉터리일 뿐이다. 고졸이나 중졸이나 무학인 사람이 엉터리도 아니고 잘못도 아니다.

남들더러 '특권계급' 신분증인 '대학교 졸업장'을 버리라고 말할 까닭이 없다. 그냥 나부터 특권계급 신분증을 안 따고서 조용히 땀흘려 일하면 그만이다. 새벽에 즐겁게 일하고서 아침부터 혼자 책을 읽고 헌책집과 도서관을 드나들면서 천천히 새길을 익혀 가면 넉넉하다. 나한테 4월 5일은 나무심기날이 아니다. 나한테 4월 5일은 홀로서기 날이다.

1995.10.9. **여섯 시 내 고향**

어쩌다가 방송을 하나 찍었다. 방송국에서는 고작 스무 살짜리 젊은 이가 신문배달을 하면서 헌책집을 드나들 뿐 아니라, '헌책방 나들이' 소식지와 혼책을 펴내고, 피시통신에 우리말과 헌책집 이야기를 꾸준히 올리는 모습이 대견하고 놀랍다고 여기는 듯했다. 피디를 맡은 흰머리 아저씨는 곧 정년퇴임이라고 하는데, 여태까지 〈여섯 시 내 고향〉에서 스무 살짜리 젊은이를 찍은 일이 없는데, 그분이 생각을 잘못해왔다고 얘기한다. 〈여섯 시 내 고향〉을 꼭 나이든 사람만 찍으면서 애틋하거나 구수한 줄거리만 다뤄야 하지는 않는 줄 처음으로 생각했단다.

방송은 10분 남짓 나온다고 하는 듯한데, 아침부터 밤까지 꽤 오래도록 찍는다. 신문사지국에서 길을 나서는 모습부터 찍고, 서울 용산 〈뿌리서점〉으로 책을 보러 가는 길을 찍고, 왜 굳이 헌책집까지 책을 보러 가는지 묻는다. 외대앞역에서 전철을 타는 모습을 커다란 방송 카메라 두 대가 찍으니 둘레에서 놀란다. 얼굴이 벌겋게 달아오른다. 이윽고 헌책집 아저씨도 놀란다. 큰 카메라가 둘씩 들어오고, 조명에 방송작가에 리포터에 온갖 사람이 둘러서서 찍는걸.

방송국 차를 타고서 고속도로를 달린다. 인천 배다리 〈아벨서점〉에 닿는다. 헌책집 아주머니도 놀란다. 방송국에서 최종규 씨를 찍는다고 하더라도 그냥 그렇겠거니 여기셨다는데, 큰 카메라가 둘이나 들어오고, 조명에 온갖 일꾼이 밀려드는 모습에 깜짝 놀란다.

마침 한글날에 맞추어 "우리말을 사랑하는 젊은이"가 "헌책방 나들이"를 하면서 "오랜책에서 말빛을 찾아내고 캐내어 살리"려고 하면서 "혼자 소식지를 내고 피시통신 모임 〈우리말 한누리〉를 스스로 열어서 꾸리는 대견한 일"을 찍는다는 줄거리이다.

처음 방송국에서 신문사지국으로 전화가 왔을 적에는 그야말로 시큰둥했다. 쓸데없는 짓 같았다. 이러다가 마음을 돌렸다. 어쩌면 이 방송을 우리 아버지가 보면, 이녁 아들이 왜 '대학교 자퇴'를 하려고 마음을 굳혔는지 조금은 보아줄 수 있겠거니 싶더라. 군대에 가기 앞서 아버지랑 어머니한테 조금이나마 빛(선물) 한 줄기를 올릴 만한 일이라고도 여겼다. 그리고 둘레 사람들이 '헌책집'이라고 하는 아름다운 책숲을 알아보는 징검돌 노릇을 할 수 있기를 바랐다. 곧 군대에 들어가서는 살아남을 수 있는지, 아니면 군대에서 흠씬 두들겨맞아서 골로 갈는지 모르는 일 아닌가.

나는 내가 나온 방송을 안 보았다. 쑥스럽기도 했지만, 그보다는 볼 틈이 없다. 방송이 나온다고 할 즈음에도 헌책집을 찾아가서 조용히 책읽기를 했다. 우리 어버이는 어떻게 보셨을는지 모르지만, 부디 작은아들이 수렁(대학교 졸업장)에서 스스로 빠져나오려고 하는 몸부림을 읽어내 주시기를 빈다.

1995.10.24. **누가**

누가 가르쳐 줄 수 있지 않다. 학교에서 안 가르쳐 주었으니 모른다고 할 수 없다. 학교는 다 가르쳐 주는 데가 아니다. 학교는 '학교가 굴러 갈 만큼' 가르칠 뿐이다. 나는 내가 살아갈 만큼 스스로 찾아다니면서 배울 일이다.

누가 알려주기를 바란다면 누구나 끝끝내 알 수 없다. 누가 알려주지 않았으니 모른다는 말은 언제나 핑계로 그친다. 전두환이 군사독재자인 줄 알려주지 않으면 감쪽같이 모르고 속아도 되나? 지난날 일제강점기에 일본이 이 나라를 식민지로 삼았다고 누가 알려주지 않으면 일제강점기인 줄조차 모를 만한가?

내가 스스로 알아보려는 눈이 없다면, 누가 가르쳐도 알 턱이 없다. 내가 스스로 찾아보려는 마음이 없다면, 누가 알려주어도 그저 못 받아들이거나 못 알아듣는다.

1996.10.27. **여섯 달 만에 잡은 볼펜**

8월 첫머리에 위로휴가를 나가서 〈헌책방 나들이 4〉를 엮는 일을 마쳤다. 설마 군대에서도 혼책(1인 소식지)을 엮을 수 있을 줄은 몰랐다. 다만, 올해 1월에 지오피로 들어가서 여섯 달 남짓 옴쭉달싹을 못 할 뿐아니라, 밖에 전화조차 할 수 없이 살았고, 종잇조각에 글 한 줄 적을 틈마저 없었다. 여섯 달 만에 볼펜이랍시고 이 밤에 몰래 잡아 본다.

비록 군대에 들어와서 책을 한 자락도 못 읽지만, 더구나 글을 한 쪽도 못 쓰지만, 이렇게 여섯 달 만에라도 볼펜을 잡으니 눈물이 난다. 군대에 들어온 지 거의 한 해에 이른다. 책도 글도 모두 등질 수밖에 없지만, 한글과 한말(우리말)을 바라보는 눈은 그대로라고 느낀다. 책을 못 읽고 글은 못 쓰지만, 이 싸움터에서 춤추는 일본말씨를 우리말씨로 쉽게 다듬고 바꾸는 길을 들여다보고 말할 수 있고, 또 이제는 상병이라는 계급장을 다니까, 새내기(신병)한테도 쉽게 말하고 이끌 수 있다.

나도 그랬지만, 갓 들어오는 불쌍한 동생들은 '새벽구보'나 '총기수입'이나 '일석점호·일조점호·일일점호'나 '조식·중식·석식'이나 '격오지수당'이나 '비무장지대'나 '매복'이나 '진지점령'이나 '사계청소'나 '물골작업'이나 '도로정비'나 순 못 알아들을 말투성이라고 할 수 있다.

'새벽달리기'나 '총손질'이나 '아침점호·저녁점호·하루점호'라 하면된다. '아침·낮밥·저녁'이라 하면 된다. 다들 '격오지'가 뭔지 몰라서 '생명수당'이라고 하는데, 지오피에서 일하며 목숨을 걸기에 받는 돈이란, '두멧삯'일 테지.

8월에 모처럼 말미를 얻어서 바깥바람을 쐬었지만, 동해로 잠수함이 넘어오면서 발칵 뒤집혀져서 한 달 남짓 '참호'를 파고서 참호에서 똥오줌을 누고 먹고자는 나날을 보내야 했다. 무슨 미친 짓일까. 아무리 육군 보병이 '땅개'라지만, 어떻게 '24시간 무교대'라는 명령을 내리는가? 게다가 하루이틀도 아닌 한 달 남짓 '24시간 무교대 참호 매복근무'가 말이 되는가? 이 하루를, 이 뻘짓을, 앞으로도 잊지 않으려고 남겨 놓는다.

1997.8.2. 책을 읽지 않는 사람

나는 이제 책을 읽지 않는 사람이다. 군인이 어떻게 책을 읽는가. 내가 깃든 군부대는 늘 멧꼭대기이다. 군대말로는 '선점'이다. 지오피에서 내려왔다 싶더니 선점이란 데로 갔고, 선점에서 내려오니 '펀치볼'을 내려다보는 도솔산 높마루로 갔다. 언제나 맨눈으로 금강산 여러 봉우리를 바라본다.

날마다 아침낮으로 금강산을 보고, 저녁밤으로 별을 본다. 금강산과 별을 보면서 생각에 잠긴다. 이러다가 별똥을 바라보면서 꿈을 비는데, 어라 별똥이 한둘이 아니잖아? 한 시간쯤 밤하늘을 보면 별똥이 일고여덟쯤 훅 지나간다.

여태까지는 종이꾸러미만 책이라고 여겼는지 모른다. 신문배달을 하면서 조금 다른 책으로 나아갈 수 있었을는지 모른다. 2급비밀이라고 하는 길그림으로 꼼꼼히 보면, 우리 군부대가 있는 자리는 '남녘땅'이 아니라 '북녘땅'이더라. 백두산부대라는 이곳에 오기 앞서 '용늪'과 '두타연'이라는 이름을 알았다. 《이곳만은 지키자》라는 글과 책에서 다룬 데이다. 그런데 군인(군장교)은 용늪에 얼음이 두껍게 끼면 스케이트를 타더라. 두타연과 골짜기와 냇물에는 한 길(1미터)이 넘는 커다란 열목어가 산다. 하사관들은 열목어잡이를 한다. 멧자락에는 허벅지 굵기만 한 칡이 자란다. 멧돼지는 두 길(2미터)이 훨씬 넘는 몸집이다. 사향제비나비와 산제비나비는 '펼친 날개'가 자그마치 50센티미터가 훨씬 넘어서 화들짝 놀란 입을 다물 수 없었다. 이곳에서 '급수병'을 맡는 조금 나이든 이는 우리와 달리 어버이 뒷힘으로 일부러 들어온 듯했다. 이이는 어떻게 들어왔는지 모르겠는데, 커다란 제비나비를 담을 커다란 '포르말린병'을 급수실에 잔뜩 숨겨 놓았더라. 제비나비를 '산 채로 담근 표본' 하나를 5만 원에 판다고 하는구나. 제발 '나비 산 표본'을 모르는 척 해 달라고 하는데, 이분은 나비만이 아니라 다른 멧짐승 표본도 잔뜩 몰래 만들어서 어떻게 밖으로 내다파는 듯하다. 아마 어느 군간부가 뒤를 봐주면서 길미를 나눠먹겠지.

급수병 아저씨는 우리하고 밥을 같이 안 먹는다. 급수병 아저씨는 멧숲에서 나무열매를 따먹는다. 그리고 몰래 가꾸는 텃밭이 있더라.

책이란 무엇일까. 책읽기란 무엇인가. 책을 읽는 사람과 안 읽는 사람은 무엇이 어떻게 다른가. 나는 나비를 반기지만, 나비를 잡거나 표본으로 죽이거나 '산 표본'을 빼돌려서 팔 마음은 아예 해보지도 않았다.

그나저나, 군대에서 주는 '방한수갑'이라는 길쭉한 장갑이 '군대재산목록'에는 65000이라는 값이 찍히더라. 서울 청계천에 가면 5000원에 팔던데. 툭하면 총알이 물려서 거의 헌쇠라 할 수 있는 K-1 소총 한 자루가 100만 원이 넘는 값이란다. 고작 1킬로미터조차 전파가 닿지 않는, 무게 20킬로그램짜리 부전기는 200만 원이 넘는 값이란다. 중대 '재무과' 윗내기가 어느 날 빙그레 웃으면서 "종규야, 이 '맛스타' 하나에 얼마인 줄 알아?" 하고 묻더라. 값은 끝까지 안 알려주었는데, 틀림없이 터무니없는 값을 매겨놓고서 연대·사단·군단·국방부 이런 놈들이 뒷돈을 허벌나게 빼돌릴 테지. 지오피에서도 선점에서도, 쌀과 건빵이 '부식'으로 나오면, 중대장은 우리 몫 건빵인 줄 알면서도 네 상 자씩 그놈 자가용 짐칸에 실으라고 우리를 부른다. 행정보급관은 40 킬로그램짜리 쌀자루를 넷씩 그놈 자가용 짐칸에 실으라고 부른다. 사단장과 군단장이란 놈들은 '부대시찰'이라는 이름으로 오면서 "곰취 열 상자"라든지 "곰취 스무 상자"처럼 몫(할당량)을 미리 귀띔한다. 그 러면 우리 중대원은 아침부터 멧자락을 기어다니면서 곰취를 뜯어서 열 상자이건 스무 상자이건 담아 놓아야 한다.

군대는 나라를 지키는 곳일까? 아니다. 나라를 지킨다는 허울을 씌 워서 뒷돈을 마구마구 빼돌리는 머저리판이다.

들꽃내음 따라 걷다가
작은책집을 보았습니다

1997.12.28. **살아서 나가기를**

이제 12월 31일이면 이곳에서 나갈 수 있다. 지난 12월 18일에 김대중 씨가 우두머리로 뽑힐 적에 몹시 떨렸다. 대대장이나 연대장은 자꾸 자꾸 '훈시'와 '지시사항'을 내려서 김대중 씨가 뽑히면 나라가 뒤집힐 테니까 계엄령이 걸리면 우리까지 '작전 투입'을 해야 한다고 하더라. 북한군이 쳐들어올 뿐 아니라, 반란수괴라 할 놈이 뽑힌다면 끌어내려야 한다고까지 하더라. 이런 훈시와 저런 지시사항을 다 못 들은 척했다. 혼잣말을 한다. '나는 싸우려고 군대에 오지 않았어. 나는 너희들 대대장과 연대장과 사단장 같은 놈들이 시키는 대로 할 뜻이 없어. 너희는 언제나 우리(일반보병)를 소모품으로 삼으면서 갖은 욕설과 구타를 일삼았을 뿐 아니라, 우리 몫인 부식과 군장비를 다 빼돌리고, 우리한테 나물캐기와 약초캐기를 시켜서 너희 용돈벌이로 괴롭혔잖아.'

이제 사흘 남았다. 나는 살아서 이곳을 나갈 수 있을까? 아니, 살아서 나가든, 살아서 못 나가든, 내가 앞으로 하고픈 일을 그리자. 〈헌책방 사랑누리〉라는 이름으로 날마다 헌책집을 함께 나들이하면서 함께 읽고 함께 얘기하고 함께 새기는 모임을 꾸리자. 혼책(1인 소식지)은 자주 내자. 될 수 있으면 날마다 한 가지씩 낼 수 있겠지.

아무튼 김대중 씨가 뽑힌 날부터 날마다 '비상근무'에 '5분대기조 발동'이다. 죽을맛이지만, 사흘을 견디자. 사흘만 숨죽이자.

1998.2.24. **아름다운 책**

아름다운 이야기는 늘 이곳에 있다. 아름다운 이야기는 저곳에 있지 않다. 아름다운 이야기는 바로 이곳에 있다. '내가 있는 이곳'과 '네가 있는 이곳'에 있다. 내가 바라보기에 '네가 있는 이곳'은 '저곳'일 수 있지만, 우리는 저마다 '이곳'에서 아름다운 이야기를 누린다.

삶이 즐거우면 언제나 아름다운 이야기가 흐른다. 삶이 즐겁기에 언제나 아름다운 이야기가 흐른다. 삶이 즐겁지 않다면 안 즐거우니까 안 아름다울 테지. 즐거움이 없는 곳에는 아름다움이 없으니까.

노래하는 사람이 즐겁다. 노래하는 사람이 즐거우니 아름답다. 노래하지 않는 사람은 안 즐겁다. 노래하지 않는 사람은 안 즐거우니 안 아름답다. 구성지거나 멋들어지게 뽑는 목소리여야 아름다운 노래가 아니다. 스스로 즐거움을 길어올려서 부르는 노래일 때에 아름답다.

책 하나가 아름답다. 즐겁게 노래하는 마음으로 쓴 글을 엮은 책 하나가 아름답다. 아름다운 책을 쓴 이웃을 알아서 즐겁고, 이 아름다운 책을 읽으면서 하루를 즐겁게 열 수 있기에 나한테도 아름다운 노래가 흘러서 더없이 기쁘게 서로 어깨동무를 한다.

1998.5.5. 없는 책, 있는 책

우리 집에 없는 책이 있고, 우리 집에 있는 책이 있다. 우리 집에서 즐길 만한 책이 우리 집에 있고, 우리 집에서 즐길 만하지 않은 책이 우리 집에 없다. 우리 집에서는 우리 집에 있는 책을 펼쳐서 읽는다. 우리 집에 없는 책은 읽지도 못 하고 생각하지도 않는다. 바로 내 곁에 있는 책에 손을 뻗고, 언제나 내 둘레에 있는 책을 가만히 읽는다.

　어떤 책을 우리 집에 둘까? 우리 집을 가꾸는 사람이 곱고 기쁘게 웃도록 이끌 아름다운 책을 우리 집에 둔다. 우리 집을 보듬는 착한 사람이 맑게 노래하도록 북돋우는 멋진 책을 우리 집에 둔다.

1998.12.11. 새로울 때에 읽는다

어느 책이든 새로울 때에 읽는다. 새롭지 않은 책은 읽을 수 없다. 새롭지 않은 책은 재미있지 않으며, 즐겁지 않고, 아름답지 않다. 갓 태어난 책이기에 새로운 책이 되지 않는다. 나온 지 며칠 안 되거나 몇 달 안 된 책이기에 새로운 책이 되지 않는다. 나온 지 여러 해 되거나 기나긴 해가 흐른 책이기에 새로운 책이 못 되지 않는다. 새로운 책은 '나이'로 따지지 않는다. 새로운 책은 오직 '책에 깃든 숨결'로 살핀다. 책에 깃든 숨결이 새로울 때에 '새로운 책'이 된다. 그리고, 책을 마주하거나 바라보는 눈길과 숨결이 새로울 때에, 내 손에 닿는 책은 모두 '새로운 책'이 된다.

책에 깃든 숨결이 새롭고, 책을 마주하는 내 숨결이 새롭다면, 아름답게 새로운 빛과 어둠이 만나서 새로운 이야기가 태어날 테지. 어린이가 그림책 한 자락을 노래하듯이 읽는 모습을 물끄러미 보다가 가슴이 찡하다.

1999.1.2. 길그림에 없는 책집

고등학교를 다니던 1992년에 헌책집을 찾으러 서울로도 가 볼까 하고 생각하곤 했다. 인천에서 늘 드나들던 배다리 헌책집에서 여러 어른한테 여쭈니, 서울에는 인사동이나 청계천이나 서울역 둘레에 헌책집이 참 많다고 알려준다. 큰책집에 가서 두툼한 길그림책을 들추었다. 그런데 아무리 커다란 길그림책이어도 인사동이건 청계천이건 서울역 언저리에 있다는 책집을 찾을 길이 없다. 〈종로서적〉이나 〈교보문고〉나 〈영풍문고〉처럼 커다랗다는 책집도 찾을 길이 없다.

그리고 보면, 인천 길그림에는 〈대한서림〉조차 없다. 백화점이나 큰가게나 병원이나 은행은 길그림에 잘 나온다만, 책집을 길그림에 담은 적은 없지 싶다. (1992년과 1999년뿐 아니라 2024년에도 매한가지이다. 따로 '책집 길그림'을 낼 적에는 담되, 여느 길그림에는 책집을 안 적어 놓는 우리나라이다)

서울이나 부산은 땅밑을 다니는 전철길이 거미줄 같다. 전철을 타고내리는 곳에는 으레 커다랗게 길그림을 걸어 놓는데, 전철나루 길그림에 책집을 그려 놓은 모습을 본 적도 없다.

굳이 책집을 길그림에 넣느냐 안 넣느냐 하고 따질 마음은 아니다. "책집을 길그림에 넣을 줄 아는 나라와 고장과 마을"이라면, 이 나라와 고장과 마을은 아름답고 알차다고 느낀다. 먹고 마시고 노는 밥집과 술집과 옷집만 길그림에 빼곡하게 담는 나라와 고장과 마을은, 안 아름답고 앞날이 새카맣다고 느낀다.

나라에서는 으레 '문화사업'이나 '예술사업'을 한다고 떠들썩하다. '문화·예술'이란 무엇인가? 돈을 더 많이 들여야 '문화·예술'인가? 사람들이 더 많이 구경해야 '문화·예술'인가? 마을에서 마을사람이 스스로 조촐히 삶을 새기고 살림을 가꾸고 사랑을 나누도록 이바지하는 마을 책집 이야기를 돌아볼 줄 아는 마음에서 '문화·예술'이라는 새싹이 돋을 수 있지 않을까?

이리하여 나는 스스로 '책집그림(책집지도)'을 그린다. 나라에서 안 그린다고 나라를 탓하지 말자. 인천이나 부산이나 서울 같은 큰고장이 책집그림에 아무 뜻이 없다고 나무라지 말자. 벼슬꾼(국회의원·공무원)이 책집그림에 팔짱을 끼든 말든 그들을 쳐다보지 말자. 내가 오늘 다니는 책집을 스스로 눈여겨보면서, 두 다리로 뚜벅뚜벅 길이를 재서 흰종이에 차근차근 길을 담아 보자. 책집을 둘러싼 마을은 골목이 어떠한지 모두 두 다리로 누벼 보고서 천천히 길그림을 여미자.

내가 하면 된다. 내가 읽으면 되고, 내가 새기면 되고, 내가 느끼면 되고, 내가 하면 된다. 내가 그리면 된다. 책마을 언저리를 스스로 그리고, 책숲마실을 그리고, 책집마실을 함께할 동무하고 이웃을 그리면 된다.

전화번호부에조차 책집이름이 안 오르기 일쑤이니, 책집을 찾아다닐 적마다 책집 전화번호하고 주소도 챙기자. 책집 둘레로 지나가는 버스를 살피고, 어디에서 어떤 버스나 전철을 내려서 몇 걸음(미터)을 가면 책집을 만날 수 있는지 하나하나 짚으면서 책집그림을 선보이

자. 내가 꾸리는 책집그림은 누구나 볼 수 있도록 누리집(피시통신)에 모두 올려놓자.

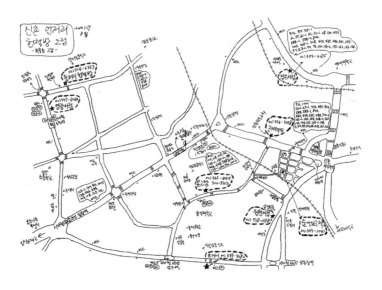

들꽃내음 따라 걷다가
작은책집을 보았습니다

1999.1.15. **생각이 선 사람**

생각이 제대로 선 사람이라면, 역사를 다루든 다른 어느 갈래를 다루든 깊고 넓게 바라보는구나 싶다. 생각이 제대로 서지 못한 사람이라면, 부엌일을 다루든 소꿉놀이를 다루든 재미없거나 따분하구나 싶다. 역사라고 해서 모두 역사일까? 권력자 발자국을 담으려는 몸짓은 역사가 될 수 없다고 느낀다. 어느 자리에서 수수하게 삶을 짓는 사람들 이야기를 바라보기에, 아이를 낳고 돌본 수수한 살림살이를 다루려 할 때에, 비로소 역사라고 느낀다.

놀이란 무엇인가? 스스로 즐겁게 웃고 노래할 적에 비로소 놀이라고 느낀다. 장난감이 있어야 하는 놀이가 아니라, 언제나 기쁨과 꿈을 엮어 사랑으로 피어나도록 하는 놀이라고 느낀다.

생각이 제대로 선 사람은 밥을 맛있게 짓는다. 생각이 제대로 선 사람은 두바퀴(자전거)를 참하게 몬다. 생각이 제대로 선 사람은 말씨가 곱고 정갈하다. 생각이 제대로 선 사람은 활짝 웃으면서 피어나는 꽃송이처럼 맑다.

1999.10.17. **책집이 여기 있으니**

책집이 여기 있으니, 즐겁게 찾아간다. 여기에 있는 이 책집은 언제나 마을쉼터 구실을 하니, 나는 이곳에서 마음을 쉬면서 느긋하게 책을 살핀다. 이 조그마한 책집은 예나 이제나 앞으로나 사랑스러운 책터로 곱게 숨결을 이을 테니, 바로 이 책집은 누구나 홀가분하게 드나들면서 이야기를 새록새록 얻는 만남터로 거듭난다.

책집이 여기 있으니, 마을이 한결 싱그러이 춤춘다. 여기에 있는 이 책은 언제나 나랑 이웃이랑 동무 누구한테나 가슴으로 스머드는 노래가 될 테지. 나는 노래를 부르려고 책집에 간다. 나는 노래를 함께 나눌 이웃을 만나려고 책집에 선다. 나는 노래를 짓는 슬기로운 숨결을 되새기려고 오늘 여기 이 책집에서 책시렁을 찬찬히 보고 온마음에 담는다.

1999.10.30. **책을 읽어 주는 사이**

우리는 책을 읽어 주는 사이. 네가 바라기에 읽어 주고, 내가 즐거우니 서로 읽어 준다. 나긋나긋 따사로운 목소리에 사랑을 곱게 실어 책을 읽어 준다. 도란도란 마음꽃을 피우면서 차근차근 읽어 준다. 자, 들어 보렴. 이 책에 흐르는 이야기로 오늘 하루도 신나는 꿈을 함께 꾸어 보지 않겠니. 자, 함께 읽을까. 이 책에 깃든 이야기로 너랑 나랑 서로 아끼면서 기쁘게 뛰어노는 하루를 지어 보자.

2000.1.16. 책을 읽는다

무엇을 알려고 책을 읽지 않는다. 스스로 오늘 하루를 누리고 싶어 책을 읽는다. 앎조각을 쌓거나 차곡차곡 늘리려고 책을 읽지 않는다. 이웃을 바라보고 숲을 껴안는 넋을 따스히 북돋우고 싶어 책을 읽는다. 하나 열 온 즈믄, 천천히 늘리려고 책을 읽지 않는다. 살아가는 즐거운 빛을 한껏 누리고, 사랑하는 기쁜 노래를 듬뿍 나누고 싶어 책을 읽는다. 삶을 빛내는 책이다. 생각을 살찌우는 책이다. 이야기를 일구는 책이다.

2000.9.25. 조선일보와 광수생각

윗옷은 찾아봤어? 바지는? 속주머니는? 없어?
  그럼 양심은 어디 간거야?
〈조선일보〉가 실은 '광수생각' 2000.9.25.

  헌책집에 들러서 책을 보다가, 헌책집지기가 읽던 새뜸(신문)이 눈에 뜨이길래, 슥 넘긴다. '광수생각'이라는 그림을 들여다본다. 그린이는 "'마누라' 몰래 숨긴 20만 원"을 줄거리로 짠다. 그린이는 "끝내 20만 원을 찾지 못한 나머지 슬퍼서 눈물을 흘린다"고 하면서 맺는다.

  나는 군이 ㅈㅅㄷ을 챙겨서 읽지 않으나, 눈앞에서 누가 읽으면 '이분은 뭘 읽으려나?' 하고 갸웃하면서 같이 들여다보곤 한다. 엊그제 2000년 9월 23일치 〈조선일보〉 '광수생각'에서는, 그린이가 "저는 언제쯤 인생의 깊이를 알게 될까요?" 하고 묻더라. 그린이는 "마을 어귀에서 자라는 나무는 어디로도 갈 수 없기에 예전에는 안되어 보였지만, 이제는 한 곳에 뿌리내리고 살 수 있는 나무가 부럽다"고 줄거리를 짠다.

  글쟁이는 왜 ㅈㅅㄷ 같은 데에 꼭지를 얻어서 글을 실으려 할까? 그림쟁이는 뭣 하러 ㅈㅅㄷ 같은 곳에 자리를 받아서 그림을 띄우려 할까? 글삯도 그림삯도 가장 높이 준다는 〈조선일보〉이니까, 돈도 벌고 이름도 날리고 글힘·그림힘을 쥐락펴락하고 싶으니 이런 데에 글그림을 실을 수 있겠지.

2000년은 '조선일보 80돌'이라고 하더라. 그들은 80돌이라는 발자국을 매우 자랑스럽게 외치는데, 코앞인 전두환·노태우 무렵에 무슨 짓을 했는지 뉘우치는 빛이 없고, 조금 앞서인 이승만·박정희 무렵에 어떤 짓을 했는지 돌아보는 빛이 없고, 꽤 앞서인 일제강점기에 어떤 허수아비 노릇을 했는지 되새기는 빛이 없다. 그러니까, 신문기자도 글쟁이도 그림쟁이도 한통속이다. 오늘을 볼 줄 모르니, 어제를 감추거나 덧씌울 뿐 아니라, 모레에도 거짓말과 눈속임으로 채우는 굴레에 스스로 갇힌다.

삶길(삶이라는 깊이)을 알고 싶다면, 스스로 똑바로 들여다보면 된다. 살림길(삶을 짓는 길)을 배우고 싶다면, 허튼짓을 하면서 온나라를 뒤흔들고 망가뜨리는 무리에 슬그머니 올라타면서 돈·이름·힘을 얻어먹는 바보짓을 그만두거나 아예 처음부터 안 하면 된다.

함께살기를 하는 짝꿍 몰래 돈을 숨기는 마음이란 얼마나 가엾은가. 사랑이 없으니 돈에 얽매인다. 풀꽃나무가 어떤 마음인지 마주하지 못하는 매무새는 얼마나 딱한가. 풀꽃나무가 들려주는 말에 마음을 열지 않으니까 나무를 쳐다보면서 '안되어' 보인다고 말하다가 '부럽다'고까지 말하고야 만다.

모든 새는 왼날개랑 오른날개를 함께 펄럭이면서 하늘빛을 머금는다. 모든 나비는 왼날개랑 오른날개를 나란히 팔랑이면서 꽃가루받이를 베푼다. 모든 사람은 왼오른손과 왼오른발을 같이 움직이면서 삶을 짓고 살림을 가꾸고 사랑을 편다. 그렇다면 보자. ㅈㅈㄷ은 '오른자리'에 선 적이 있는가? 아니다. ㅈㅈㄷ은 '오른자리'가 아닌 '돈자리·이름자리·힘자리'에만 서려 하면서 '우두머리 밑핥기'를 해댔을 뿐이다. 우리나라에는 아직 '오른글(우익·우파)'을 오른글답게 참답고 슬기롭게 여미는 글바치가 거의 안 보인다. 그리고 '왼글(좌익·좌파)'을 왼글답게 참하고 어질게 엮는 글바치도 도무지 안 보인다. 또한 '가운글(중도)'을 가운글답게 착하고 곱게 여는 글바치도 참으로 안 보인다. '왼가오(왼쪽·가운쪽·오른쪽)'가 다 안 보인다.

헌책집 귀퉁이에 널브러진 새뜸을 들추다가 내려놓는다. 아니, 오늘 이 헌책집에서 장만한 책을 끈으로 묶을 적에 받침종이로 삼는다. 서울 독립문 헌책집 〈골목책방〉 지기는 이녁이 조금 앞서까지 읽던 이 신문종이를 받침으로 삼아서 척척 묶어 준다. '참마음(양심)'을 스스로 일찌감치 잊다가 잃은 채 〈조선일보〉에 '눈가림 그림'을 신나게 싣는 '광수생각'도 여러모로 쓰임새가 있다. 이렇게 책꾸러미 받침이 되어 준다. 이따가 집으로 돌아가면, 국수나 한 그릇 삶아서 국수를 삶은 작은솥을 받칠 적에 쏠쏠히 쓸 만하다.

앞으로 스무 해가 지난 2020년에 이르면 '조선일보 100돌'일 텐데, 이들은 100돌(온돌)쯤 맞이할 무렵에는 "우리 잘못과 바보짓을 무릎 꿇고 빕니다!" 하면서 눈물을 흘릴까? 아니면 '숨긴돈(비상금·비자금)'을 잃어버려서 아까운 나머지 눈물을 흘리는 '광수생각'마냥 "너희는 왜 나(조선일보)한테만 화살을 쏘니? 예전에 친일부역과 독재부역을 나(조선일보) 혼자 했니? 친일부역과 독재부역을 한 다른 놈들한테는 화살을 안 쏴?" 하고 푸념을 할까? 뉘우칠 줄 모르는 곳에 글자리나 그림자리를 얻어서 어영부영 '좋은말' 시늉을 하는 이들은 아무래도 스스로 뭐가 부끄럽거나 창피한 줄 모르리라. 앞으로 스무 해가 흘러 2020년을 맞이해도 부끄럼이나 창피가 아닌 '자랑'으로 여길는지 모른다. "난 조선일보에 만화를 연재한 사람이라구!" 하고 콧방귀를 뀔 듯싶다.

2000.9.26. 책을 바라보는 눈빛

꽃바구니에 꽃을 담을 수 있다. 꽃그릇에 꽃을 꽂을 수 있다. 꽃바구니는 매우 값진 것으로 엮을 수 있고, 꽃그릇은 무척 비싼 것으로 장만할 수 있다. 책은 누에천(비단)으로 감싸서 건넬 수 있다. 튼튼하고 향긋한 나무로 짠 책꽂이에 책을 꽂을 수 있고, 합판조각으로 만든 값싼 책꽂이에 책을 꽂을 수 있다. 때로는 바닥이나 책자리에 높다랗게 쌓을 수 있다.

바구니에 담겨도 꽃이고 꽃그릇에 꽂혀도 꽃이지만, 들판에서 자라도 꽃이요, 나무그늘 밑에서 피어도 꽃이다. 책숲(도서관)에 꽂혀도 책이고, 새책집에 꽂혀도 책이지만, 헌책집에 꽂혀도 책이다. 책은 언제나 책이다. 쇳가루를 마시고 기름 먹으며 일한 손으로 쥐어도 책이며, 아파 드러누운 자리에서 힘겨이 쥐어도 책이다. 배움터에서도 책이고, 집에서도 책이다. 아이도 어른도 똑같은 책을 손에 쥔다.

누가 읽느냐에 따라 달라지는 책은 아니다. 어떤 넋으로 읽느냐에 따라 달라지는 책이다. 어디에 두느냐에 따라 바뀌는 책은 아니다. 바로 오늘 즐거이 알아보고 읽으면 바뀌는 책이다. 책은 열흘을 기다려 주기도 하고, 열 해를 기다려 주기도 한다. 책은 닷새를 기다려 주기도 하고, 다섯 달을 기다려 주기도 한다. 스무 해나 마흔 해를 기다리는 책이 있다. 눈빛을 밝혀 읽으려는 사람이 있을 적에 향긋한 종이내음을 베푸는 책이다. 눈빛을 따사롭게 비추는 사람한테 살포시 얼굴을 내미는 책이다. 마음에서 빛이 나는 사람이 책빛을 북돋운다. 마음에서 따사로운 사랑 샘솟는 사람이 책사랑을 퍼뜨린다.

들꽃내음 따라 걷다가
작은책집을 보았습니다

2000.12.26. 책은?

"책은, 삶을 다룬 그릇입니다." 하고 한 줄로 적어 본다. "책은, 삶을 사랑하는 사람이 숲을 새롭게 살려서 생각을 슬기롭게 갈무리한 숨결입니다." 하고 조금 살을 붙여 본다. 숲이 고스란히 책이고, 책이 그대로 숲이라고 느낀다. 우리가 짓는 생각이 바로 숲이 되고 책이 된다. 우리가 짓는 흙이나 살림이 언제나 책이 되고 숲이 된다. 종이가 되어 준 나무를 헤아리면서 책을 읽는다. 숲으로 살아가는 나무를 바라보면서 책을 읽는다. 종이를 만지작거리는 아이들을 돌보면서 책을 읽는다. 숲에서 까르르 웃으며 뛰노는 아이들하고 살아가며 책을 읽는다. 나도 숲이고 책이다. 그대도 숲이며 책이다. 우리는 서로 싱그러운 숲이자 사랑스러운 책이다.

2001.1.17. **온책온빛**

둘레에서는 흔히 "사람마다 빛깔이 다 다르다" 하고 말을 한다. 어렵게 꼬아서 '백인백색·백양백색·십인십색'이나 '개성적'이라고 이르기도 한다. 이런 말을 옆에서 조용히 들으며 혼자 곱씹어 본다. '사람마다 빛깔이 다 다르다고 말은 잘 하면서, 내가 차림옷(양복)이 아닌 민소매에 반바지를 입으면 왜 위아래로 훑어보면서 혀를 끌끌 차지? 사람마다 빛깔이 다 다르다고 읊지만, 정작 그분들이 읽는 책은 다 같잖아? 신문에서 알려주지 않는 책은 살 엄두도 안 내고, 방송에서 알려주는 책은 우르르 몰리잖아?'

한자말은 '백(百)'이지만, 우리말은 '온'이다. '백인백색·백양백색'을 '온빛'이나 '온사람'으로 풀어 본다. 아니, 우리 삶자락을 헤아려 '온빛·온길·온사람·온꽃·온풀'로 새롭게 여미어 본다.

오롯하고 옹글게 온누리를 이루는 다 다른 빛깔이기에 온빛이요, '온책'을 읽는 온사람이라고 할 만하다. 눈치를 볼 일이 없이 속빛을 바라볼 줄 아는 온숨이요 온넋이며 온얼이다.

우리가 저마다 온하루라면, 쳇바퀴도 굴레도 수렁도 톱니바퀴도 아닌, 사람답게 사랑을 하리라. 우리가 언제나 온하루를 잊거나 잃으면, 그저 쳇바퀴에 굴레에 수렁에 톱니바퀴이리라. 어느 한 가지 길만 으뜸일 수 없다. 다 다른 모든 길이 우리 앞에 환하고 밝다.

온누리에 빛나는 책이 고작 한두 가지뿐이라면, 책은 그냥 한 자락만 읽어도 될 테지. 저마다 빛나는 다 다른 사람이기에, 이 삶에 곁에 둘 책은 한둘이 아닌 '온책(100가지)'일 뿐 아니라, '즈믄책(1000가지)'이고, '골책(10000가지)'이자, '잘책(1억 가지)'이리라.

온누리 모든 책은 다 다르기에 아름답다. 비슷비슷한 줄거리라면 따분하다. 잘 팔리기만 한다면 덧없다. 높여야 할 책이 없고, 낮추거나 깔볼 책이 없다. 자랑하거나 우쭐대는 책은 창피하다. 글바치가 꾸준하게 새글과 새책을 선보이지 못 한다면 부끄럽다. 스스로 온님이라면, 날마다 새글을 기쁜 웃음꽃으로 여밀 테고, 스스로 온살림이라면 해마다 새책을 아름답게 나누는 사랑으로 엮을 테지.

나이를 한 살 더 먹기에 더 슬기롭지 않다. 돈을 더 많이 벌기에 더 너그럽지 않다. 글을 더 많이 썼기에 더 빼어나지 않다. 말을 더 잘 하기에 더 착하지 않다. 책을 더 많이 읽었기에 더 아름답지 않다. 땅을 더 거느리기에 더 넉넉하지 않다. 밥을 더 많이 먹었기에 더 배부르지 않다. 어떤 마음인가에 따라서 늘 달라지는 살림이다. 읽는다는 마음이란, 우리 스스로 아직 모자라거나 어리숙한 줄 깨닫고 이를 채우거나 가다듬을 뿐 아니라, 우리 스스로 즐겁게 새로 지을 길을 갈고닦거나 가꾸려는 마음이라고 생각한다. 우리한테는 책 하나조차 없어도 된다. 참답고 고우며 착하게 읽으려는 마음이 있을 적에는 우리 스스로 책이 되고 우리 스스로 책을 지으며 우리 이웃이 빚는 숱한 삶책을 받아들일 수 있다.

2001.5.31. **일하는 보람**

사람은 일을 안 하며 살 수 없다. 사람은 놀지 않고서도 살 수 없다. 일하고 놀면서 하루를 짓기에, 일과 놀이가 어우러지며 살기에, 비로소 사람이라는 이름이지 싶다. 그러나 적잖은 나날을 두고서 숱한 사람들은 일놀이를 누릴 틈을 빼앗기고 억눌린 채 고달팠다고 느낀다. 꼭두머리라는 허울이 들어서던 무렵부터 꼭두각시로 뒹굴어야 하는 사람이 생겼다. 처음에는 위아래나 왼오른으로 안 가르던 사람 사이일 텐데, 윗자리나 아랫자리로 가르는 굴레를 들씌우면서 빛을 잃고, 이쪽이냐 저쪽이냐 하고 다투면서 사랑을 잊는다. 왜 햇볕 한 줌을 쬘 수 없는 곳에서 하루를 보내야 하나? 왜 뙤약볕에서 새카맣게 타면서 하루가 버거워야 하나?

'놀이·놀다'하고 '노닥거리다'는 다르다. '일'을 하면서 맞물리는 '놀이'이지만, '일'이란 없이 탱자탱자 바보짓을 부리기에 '노닥거리다'이다. 일하는 사람이기에 놀이하는 사람으로 나란히 서고, 일을 안 하는 사람이기에 노닥거리는 짓에 사로잡힌다. 일할 줄 알기에 이야기가 피어나고, 놀 줄 알기에 노래를 부른다. 일할 줄 모르기에 어리석고, 노닥거리기만 할 뿐이니 돈·이름·힘으로 이웃사람을 쥐락펴락 괴롭힌다.

한 해에 하루조차 안 쉬는 헌책집지기가 수두룩하다. "사장님, 그래도 설이나 한가위에는 쉬셔야 하지 않나요?" 하고 여쭈어 본다.

〈아벨서점〉 아주머니는 "모처럼 설이나 한가위에 찾아오는 손님이 있는데, 이분들이 헛걸음을 하시면 제가 더 섭섭하지요." 하고 이야기한다.

〈신고서점〉 아저씨는 "나이를 많이 먹어가면서 힘들어서 요새는 한 해에 하루나 이틀을 쉴 뿐이지, 여태까지 하루도 쉬지 않고 책방 문을 열었어요. 하루도 안 쉬면 힘들지 않느냐고 물어보는 분이 많은데, 저는 오히려 한 해에 하루를 쉬는 날을 두니까 더 힘들어요." 하고 이야기한다.

〈뿌리서점〉 아저씨는 "무슨 모임이라고 사람들이 불러서 어디 가서 노래 부르고 밥을 사먹는 데에 있으면 더 힘들고 거북하더라고. 집안 제사를 하러 멀리 가야 하더라도, 그곳에서 안 자고 얼른 책방으로 돌아와서 밤에 한두 시간이라도 열어야 마음이 놓여. 밤에 열고서 언제 자느냐고? 허허. 책보러 오는 손님들이 밤에도 오시는데 잠이 오기보다는 즐겁고 고맙지. 잠이야 새벽에 들어가서 자면 되고." 하고 이야기한다.

〈헌책백화점〉 아저씨는 "손님이 없으면 문을 닫아 놓고 마음껏 큰 소리로 노래를 부르지. 꽹과리도 치고, 북도 치고. 요새는 외국어도 공부해. 혼자서 사전을 큰소리로 읽지." 하고 이야기한다.

일하고 놀이는 아주 다르지 않을 만하다. 기쁘게 맞이하기에 일이요, 즐겁게 누리기에 놀이라고 느낀다. 삶을 기쁘게 밝히기에 일이요, 살림을 신나게 펼치기에 놀이라고 느낀다. 논밭을 돌보고 들숲을 품으면서 바다를 헤아리던 모든 옛사람은 삶이라는 자리에서 늘 일하고 놀이가 하나로 흘렀으리라 본다.

이리하여 나는 책집마실을 '일놀이'로 여긴다. 우리말꽃(국어사전)을 엮는 밑책을 살피려고 날마다 하루를 마칠 무렵에 두세 곳 책집을 찾아가되, 시끌벅적한 서울을 잊으면서 마음 가득히 푸른숨결을 불어넣는 글결을 익히는 마실길이다. 책을 읽다가 찰칵 한 자락 찍는다. 다시 찰칵 한 자락 더 찍고서 책을 새로 읽는다. 어느새 등짐과 두 손을 가득 채울 만큼 책꾸러미를 장만한다. 집까지 책짐을 나르자면 땀을 뻘뻘 흘리는데, 집에 닿아서 씻고 책을 닦고 천천히 되읽으면서 풀벌레 노래를 듣는다. 비록 삯집이어도, 조그마한 보금자리가 있는 종로구 평동 나무집(적산가옥) 둘레로 숲이 있다. 이 숲에서 들려오는 밤노래를 듣다가 책을 손에 쥔 채 스르륵 잠이 든다.

같은 책집에 들어서도 서로 보는 책이 다르다. 같은 갈래를 즐긴다고 하지만, 서로 책을 사랑한다고 하지만, 참으로 서로 바라보고 집어들어 장만하는 책이 다르다. 태어나고 자라며 살아가는 결이 다르니 서로 다르게 책을 만나서 다르게 읽으며 다르게 삭이지. 어울리는 이웃이 다르고, 돌보는 아이가 다르며, 내다보는 저 먼 앞길이 다르기에 오늘 두 손에 쥐어 읽는 책이 다르지. 다 다른 이웃님이 다 다른 기쁨으로 다 다른 책집을 연다. 다 다른 발걸음이 책집에도 닿고 찻집에도 닿고 논밭에도 닿으며 숲길에도 닿다가, 어느새 보금자리 마당에 닿더니 하늘을 올려다보면서 구름이 어디에 있고 별이 얼마나 반짝이는가를 헤아린다.

2002.3.5. 군대 부재자투표 각티슈

어쩌다가 '대통령선거' 이야기가 나왔다. 예전에 김대중 씨가 우두머리로 뽑히던 무렵에 저마다 투표장이 어떠했다고 말을 하기에, 그때 나는 군인이었으니까 내가 있던 군대에서 한 '군대 부재자투표'를 들려주었다.

　나는 "그냥 군대"가 아닌 "디엠지(비무장지대) 군대"라서, 아무리 대통령선거라 하더라도 누구도 밖에 나가서 투표를 할 수 없었다. 철책을 앞에 둔 멧골짝에 있으니 밖에 나갈 수 없기도 하지만, 밖에 나가려고 해도 아주 멀다. 그러니 '군대 부재자투표'를 하는데, '부재자투표함'이 군대로 들어오지는 않았다. 행정보급관은 "야, 각티슈상자로 하면 돼. 각티슈상자는 구멍 있잖아? 그걸로 모아. 겉은 흰종이를 바르고서 '투표함'이라고 글씨를 이쁘게 적어 봐." 하고 말했다. 그래서 소대마다 각티슈상자를 하나씩 꾸렸고, 1·2·3·4소대 이렇게 넷이 하나씩 담았다. 따로 투표장은 없었고, 내무반에 앉아서 '각티슈상자로 꾸린 부재자투표함'에 넣는데, '모나미볼펜대'에 인주를 묻혀서 동그라미 무늬를 찍었다. 이렇게 소대 내무반에서 누구나 훤히 보이는 자리에서 투표용지에 찍고 나서 각티슈상자에 담았으며, 네 군데 소대 것을 중대 것으로 통틀어서 조금 더 큰 종이상자에 옮겨 담았다. 이러고는 겉에 흰종이를 붙여서 "21사단 66연대 2대대 5중대 부재자투표함"이라고 손글씨를 적고서 대대본부로 가져가서 냈다. 2대대에 깃든 다른 6·7·8중대도 우리하고 똑같았다. 이웃 중대에서도 먼저 소대마다 작은 각티슈상자에 투표용지를 받아서, 중대에서 통틀어 조금 큰 종이상자로 옮겨담는다. 대대본부에서는 네 군데 중대 것을 다 모았으면 연대로 가져간다고 했다. 중대 한 군데는 150~160사람이니, 대대 한 군데는 대대본부까지 더하면 800사람쯤이다. 소대장도 하사관도 중대장도 똑같이 각티슈상자에 투표용지에 '모나미볼펜대'에 인주를 묻혀서 찍었다.

내가 이야기를 마치자, 둘레에 있는 사람들은 하나같이 놀란 얼굴로 말을 못 잇다가 "아니, 어떻게 그렇게 했어? 부정선거잖아?" 하고 묻는다. "어? 부정선거인가요? 군대에서는 다 그렇게 안 하나요?" "말도 안 돼! 어떻게 각티슈상자에 투표를 해? 그럼 그 각티슈상자에 담은 투표용지를 제대로 집계했겠어? 그리고 투표용지에 모나미볼펜대로 찍었다고? 그럼 무효표 아니야?" "어. 그런가? 아, 그러고 보니 그렇겠네요. 군대에서 부재자투표를 처음 해보고서 부재자투표를 더 해본 일이 없어서 그때 그 일이 부정선거일 줄은 조금도 생각할 수 없었네요."

1987년 군대는 어떠했을까? 1997년 12월뿐 아니라 1992년 군대도 내가 겪었듯이 똑같이 '각티슈상자'나 '종이상자'에 부재자투표를 하지 않았을까? 나처럼 디엠지에서 휴전선을 끼고서 육군보병으로 있던 사람들 몫 투표용지를 몰래 빼돌리거나 '거짓 투표용지'를 나눠주고서 아주 손쉽게 바꿈질로 장난을 칠 수 있었을 테지.

2002.8.25. 읽기 쓰기 새기기

모든 책은 읽을 때가 있다. 어느 책이 갓 나올 무렵이 이 책을 꼭 읽어야 할 때가 되지 않는다. 어느 책이 나온 지 여러 해나 스무 해쯤 흐르고서야 비로소 알아볼 수 있다. 누구한테나 어느 책 하나를 알아볼 때는 다르게 마련이고, 꼭 알맞을 만하구나 싶은 때에 이 책을 손에 쥔다.

책을 읽은 느낌은 저절로 스며나와 글이 될 때가 있다. 책을 읽고서 곧장 느낌글을 쓸 수 있으나, 책을 다 읽고 나서 여러 해가 지난 뒤에야 글이 술술 풀릴 때가 있다. 때로는 열 벌이나 스무 벌쯤 읽고 난 때라야 글이 흘러나올 수 있다. 마음으로 감도는 느낌과 이야기가 태어나기까지 짧게 걸릴 수 있고 오래 걸릴 수 있다.

책을 읽거나 느낌글을 쓴 뒤에, 이 모든 살림과 이야기가 온넋으로 스며들어 마음에 새길 수 있자면, 그러니까 책으로 얻은 슬기가 우리 살림에서 시나브로 드러나서 꽃피우기까지는 얼마쯤 걸릴까 헤아려 본다. 곧장 꽃피울 수 있을 테고, 차근차근 되새기면서 어느 날 문득 꽃피울 수 있다. 어쩌면 쉰 해쯤 지나고서야 꽃피울 수 있겠지.

읽기도 쓰기도 제철(제때)이 있다. 제철은 이르지도 늦지도 않다. 제 때는 빠르지도 더디지도 않다. 즐겁게 삭혀서 즐겁게 쓰면 되리라 본다. 무엇보다도 우리 곁에 책이 하나 있어서, 이 책을 곱게 길동무나 삶동무로 삼을 수 있으면 넉넉하리라 본다. 길동무는 우리를 닦달하지 않는다. 삶동무는 우리를 다그치지 않는다. 책은 우리더러 빨리 읽거나 배우거나 삭이라고 나무라지 않는다.

2002.11.20. **아끼는 사람이 있는 책**

아끼는 사람이 있으면 어느 책이든 두고두고 사랑받는다. 아끼는 사람이 없으면 어느 책이든 어느새 시름시름 앓듯이 사그라든다. 팔림새를 놓고 '사랑책(사랑하거나 사랑받을 책)'인가 아닌가를 헤아릴 수 없다. 사랑은 값(숫자)으로 따지지 않기 때문이다. 어버이가 아이한테 더 비싼 옷을 입히거나 더 값진 밥을 먹이기에 사랑이라고 하지 않는다. 잘 팔리거나 많이 팔린 책이 되기에 '사랑책'이지 않다. 어느 책 하나를 읽은 사람이 스스로 새롭게 기운을 내고 일어서면서 삶을 아름답게 짓도록 북돋운다면, 이 책은 모두 '사랑책'이요, 어느 모로 본다면 "사랑을 가르친 책"이다.

아끼는 사람이 있으면 어느 마을이든 오순도순 살기 즐겁다. 아끼는 사람이 있으면 어느 일거리이든 기쁘게 품을 만하다. 아끼는 사람이 있으면 밥 한 그릇이 더욱 맛있고, 아끼는 사람이 있으면 노랫가락이 한결 싱그러우면서 반갑다.

아끼는 손길이 모든 넋을 새롭게 살린다. 아끼는 눈길이 모든 숨결을 새롭게 북돋운다. 아끼는 마음길이 모든 사랑을 새롭게 깨운다.

2003.3.5. 산 책과 읽은 책

날마다 책글(서평)을 어떻게 쓰는지 놀랍다고, 책값은 다 어디서 나느
냐고 묻는 이웃이 있다. "그런데 그 책을 다 사서 읽어요?" "그럼, 사서
읽지 누가 줍니까?" "작가나 출판사가 안 보내 줘요?" "보낼 때도 있지
만, 돌려보내거나 계좌이체로 책값을 보냅니다." "와, 너무 까칠하지
않아요?" "까칠하다고요? 거저로 책을 주고서 좋게 써 달라고 하는 뜻
이라면, 책을 받아야 할 까닭이 없어서 돌려보내고, 좀 읽고서 느낌글
을 쓸 만하구나 싶으면 계좌이체를 해야지요. 계좌이체를 안 받으려
고 하면, 그곳에서 낸 다른 책을 몇 자락 삽니다."

웬만한 '출판평론가'는 웬만한 책을 거저로 받는다. 차고 흘러넘칠
만큼 받는 나머지, 이들은 '거저로 받은 책'을 이웃한테 거저로 나눠주
거나 헌책집에 맡긴다. 글쓴이나 펴낸이는 왜 '책글지기'한테 책을 보
낼까? 책을 널리 알려서 많이 팔려는 뜻이게 마련이다. 글을 써낸 이나
책을 펴낸 이 스스로 "알찰 수 있지만 모자랄 수 있는 대목을 낱낱이
꼼꼼히 거리낌없이 짚어 주기를 바랍니다" 하고 밝히는 일은 거의 없
다. 아예 없지는 않으나, 1/1000쯤이라고 여길 수 있다.

어깨동무하는 이웃이 낸 책이라 하더라도, 그쪽에서 낸 책에서 틀
리거나 어긋나거나 엉뚱한 곳이 있으면 모조리 짚고 따진다. "와, 너
어떻게 이럴 수 있니? 우리가 모르는 사이도 아니고?" "모르는 사이가
아니라서, 일부러 더 꼼꼼히 보고서 낱낱이 짚어 주는데요? 아는 분이

낸 책에 틀리거나 엉터리인 대목이 이렇게 많으면 제가 더 창피합니다. 모르는 분이 낸 책이라면 그러려니 지나칠 수 있지만, 제가 알거나 만나는 분이 낸 책이라면, 이렇게 다 알려주어야 서로 '동무(친구)'이지 않나요?"

그런데 갈수록 "사서 읽은 책만 말하기"가 벅차다. 주머니가 홀쭉하기 때문이지 않다. 도무지 "사서 집에 건사하고 싶지 않은 책"이 끝없이 나오기 때문이다. 어떡해야 할까? 망설이고 헤맨 끝에, 책숲(도서관)이나 책집에 가서 한참 그자리에서 되읽고 곱새기기로 한다. "사서읽기'를 한 뒤에 말하기"만으로는 책글을 더 쓸 수 없구나. "서서읽기'를 하고서 말하기"를 할 책이 자꾸자꾸 늘어나는구나.

책에 담은 줄거리 가운데 1/10이 알차고 9/10가 엉터리라 하더라도 책을 꾸준히 사려고 했으나, 갈수록 5/10쯤은 알차지 않고서야 살 수 없겠다고 느낀다. 나중에 아이를 낳아서 돌보는 살림을 맞이한다면, 이렇게 무럭무럭 자란 아이들이 "아버지, 이 책 순 엉터리인데 왜 샀어요?" 하고 물어보면 무어라 대꾸할 수 있을까? 그때 나는 "너도 알아보는구나. 순 엉터리인 책이지. 그런데 우리나라 사람들은 이 책이 왜 얼마나 어떻게 순 엉터리인지 도무지 안 알아보려고 하네. 그래서 순 엉터리인 책도 이따금 장만하지. 사람들이 이 엉터리를 잊어버릴 수 있으니까 말이야. 우리는 아름다운 책을 새기고 곁에 둘 뿐 아니라, 엉터리인 책도 새기고 곁에 두면서 스스로 사랑이라는 길을 닦아야지 싶어." 하고 들려줄 수 있을까?

2003.7.8. 책값 치르기

새책집이나 헌책집에 나들이를 가서 책을 장만할 적에 값을 따진 적이 없다. 나는 내가 읽을 책만 장만한다. 나는 내가 읽고서 두고두고 건사하고픈 책을 장만한다. 나는 내가 먼저 읽고 마음에 담은 뒤에 아이들한테 물려주면 즐겁겠구나 싶은 책을 장만한다. 이런 책을 장만하다 보니 책값을 따로 들여다보아야 할 까닭이 없다고 느낀다. 책값이 센 책이 있다면, 이 센 책값을 치를 수 있도록 기쁘게 돈을 벌자고 생각한다. 책값을 100원이라도 에누리하는 곳이 있는가 하고 살피지 않는다. 우리 보금자리에 둘 만한 아름다운 책을 살피는 데에만 마음을 기울이고 싶다. 아주 싼값에 볼 수 있대서 재미없는 영화를 볼 까닭이 없다고 여긴다. 아주 싼값에 먹을 수 있대서 맛없고 엉터리인 밥을 먹을 까닭이 없다고 여긴다. 아름다운 영화를 즐겁게 장만한 돈을 치러서 보려고 한다. 맛나고 살뜰한 밥을 기쁘게 장만한 돈을 내고 먹으려고 한다. 사랑스러운 책을 신나게 일해서 장만한 돈을 주고서 사들이려고 한다.

2003.11.14. 책이란?

누가 묻는다. "삶이란 무엇인가요?" 그래서 "삶이란, 새롭게 숨쉬며 사랑으로 서로 속삭이며 씩씩하고 살뜰히 샘솟는 살림을 씨앗으로 심는 손길이 살가운 숨결, 이렇게 ㅅ으로 엮어서 이야기해 보겠습니다." 하고 이야기한다. "너무 긴데요?" 하고 되묻는다. 그래서 "삶이란, 숲이에요." 하고 짧게 끊는다. 문득 생각한다. 누가 "책이란 무엇인가요?" 하고 묻는다면, 짧고 굵게 "책이란, 숲이에요." 하고 말할 만하구나 싶다.

2004.1.1. 죽어가는 책마을을

책을 팔아야 출판사도 먹고산다. 맞는 말이다. 그렇지만 먹고사는 길만으로 책을 내려고 한다면 책마을은 썩고 곪다가 몽땅 죽어버리게 마련이다. '경제성'을 내세우려고 할 적에는, '경쟁할 만한' 책을 내야 한다고 앞세울 적에는, 언제나 '경제·경쟁'이 첫손인 터라, 삶과 살림과 사랑과 숲하고는 한참 멀거나 아예 등지고 만다.

'문화방송 느낌표'에 이름이 오르면 100만 자락쯤 되는 책이 한꺼번에 팔린다더라. 똑같은 책 하나를 한 해에 100만 자락을 팔아야 책마을이 살거나 책읽기가 깨어날까? 아니다. 한 해에 100가지 책이 만 자락씩 팔리거나, 1000가지 책이 천 자락씩 팔려야 책마을이 살고 책읽기가 깨어난다.

책마을 일꾼마다 스스로 '아름답게 살아가는 길잡이'로 삼을 책을 쓰고 엮고 펴낼 노릇이다. 많이 팔리더라도 안 아름답게 마련이다. 이름을 드날린다지만 아름답지 못할 뿐 아니라, 사랑하고는 아주 멀기도 하더라.

죽어간다면 죽을 수 있다. 겨울에 시드는 풀줄기처럼, 겨울에 떨구는 가랑잎처럼, 겨울이라는 고요한 꿈길을 지나가야 새봄이 찾아온다. '경제·경쟁'은 '꿈씨앗'이 아니다. 찬겨울 같은 책마을일수록 더더욱 '꿈씨앗'을 품고 더 천천히 느긋이 기다리고 지켜보면서 새봄을 그려야 아름다우리라 본다.

2004.6.11. 스스로 생각하는 힘

스스로 생각하기에 스스로 무엇을 할 적에 즐겁거나 보람차거나 재미난 줄 알 수 있다. 스스로 생각하기에 스스로 무엇을 배우면서 삶을 노래할 만한가를 알 수 있다. 스스로 생각하기에 어떤 밥을 어떻게 지어서 먹을 때에 맛나면서 기쁜가를 알 수 있고, 땅을 어떻게 가꾸어 먹을거리를 얻을 때에 아름다운가를 알 수 있다. 스스로 생각하기에 사랑스러운 짝님을 만날 수 있고, 스스로 생각하기에 아이들한테 상냥히 웃음을 지을 수 있다. 스스로 생각하기에 내 손으로 '사랑책·별빛책·햇볕책·곁책'을 가만히 쥐면서 알뜰살뜰 읽을 수 있다. 그러니까 스스로 생각하지 않으면 스스로 할 일을 스스로 찾지 못 한다. 스스로 생각하지 않으면 삶길도 살림길도 사랑길도 깨닫지 못 한다. 스스로 생각하지 않으면 스스로 찾아서 읽을 책을 스스로 알아보지 못하고 말아, 남들이 치켜세우거나 많이 읽는 책만 똑같이 따라서 받아들이기만 한다. 내 생각이 있을 적에 내 삶이 있어서 내 책을 찾고, 내 생각이 없을 적에 내 삶이 없어서 내 책을 찾지 못 한다.

책은 사고 볼 일이다. 좋거나 아름답거나 뜻있거나 알차거나 훌륭하
거나 싶으면 아무튼 사고 볼 일이지 싶다. 바로 읽든 나중 읽든 대수롭
지 않다. 배울 수 있는 책이요, 함께할 이야기가 흐르는 책이라고 여기
면 사고 볼 노릇이라고 느낀다. 한 판 치른 배움삯, 곧 책값은, 우리한
테 두고두고 즐겁고 새롭게 이야기샘이 되어 준다. 맑은 물을 마셔 볼
일이고, 파란 바람을 숨쉬어 볼 일이지 싶다. 샛노랗게 빛나며 따사로
운 해를 쬐어 볼 노릇이요, 푸르게 돋는 들풀을 훑어서 맛나게 먹어 볼
노릇이로구나 싶다. 우리는 늘 아름답고 환한 책에 숲에 마음에 꿈에
둘러싸인 채 살아가는 사람이라고 본다.

2005.1.6. 헌책집 아저씨 손

어제, 충주로 오기 앞서 한성대입구역 앞에 있는 〈삼선서림〉에 살짝
들렀다. 먼저 종로3가 사진관에 가서 필름을 맡기고 찾은 뒤, 너무 오
랫동안 찾아가지 못해서 부끄럽기도 하고, 그동안 쌓였을 책을 둘러보
고 싶어서 혜화네거리에서 안쪽 골목으로 들어가는 〈혜성서점〉부터
찾아갔다. 그런데 가는 날이 저잣날이라고 마침 이날은 책집을 닫아
놓으셨더라. 오랜만에 왔는데 헛걸음했구나 싶어서 어쩔까, 그냥 충
주로 돌아갈까 망설이다가, 고개 넘어 〈삼선서림〉으로 걸어갔다.

아직 해가 하늘에 걸린 낮. 책을 구경하는 손님은 없다. 이 조촐한
책집을 혼자 통째로 돌아볼 수 있으니 느긋하다고 여기지만, 다른 책
손이 없으니 '이러다 장사 안 되면 어쩌나?' 싶어 걱정이다. 아무튼 내
가 책을 돌아본 지 얼마 안 되어 새로운 책손이 하나둘 나타났으니 걱
정은 쉬 사라진다.

책을 한참 보는데 손이 참 시럽다. 알고 보니 어제가 가장 추운 날이
라는 칠눈(절기)이더라. 그래서 책을 읽다가 실장갑을 꼈다. 두바퀴를
달릴 적에 끼는 장갑이다. 아무래도 맨손으로 〈삼선서림〉에서 책을
읽기는 힘들겠더라. 그래, 그렇게 장갑을 끼니 좀 낫다. 그렇지만 손끝
이 얼어붙는 느낌은 어쩔 수 없네.

바들바들 떨면서 얼어붙은 손으로 책을 보다가 문득 돌아보니 〈삼
선서림〉 아저씨는 손에 장갑도 안 꼈다. 책값을 셈할 때 넌지시 여쭌

다. "추운데 장갑 안 껴도 안 시리셔요?" "아, 뭐, 괜찮아요." 하고 말씀을 하시는데, 그때 아저씨 손을 다시 찬찬히 보니 온통 굳은살이 박히고 시커먼 책먼지로 물들었다.

굵은 마디와 시커먼 손가락. 버려지는 종이뭉치가 마지막으로 가는 고물상과 폐지수집상에서 맨손으로 뒤지면서 헌책을 캐낸 손. 언제나 시커먼 먼지 가득한 더미를 하나하나 뒤집고 헤집어서 헌책 한 자락 찾아내는 손. 알뜰히 캐내고 찾아낸 책을 다시 하나하나 손질하고 닦고 쓰다듬어서 책시렁에 놓는 손.

적잖은 책손은 헌책집에서 헌책 한 자락을 사면서 손에 책먼지와 책때가 많이 묻는다고 투덜투덜하기 일쑤이다. 헌책집에 가면 손이 지저분하니 싫다는 분이 무척 많다. 맨손으로 만져도 되느냐면서 손 끝으로 살짝 집는 분을 으레 보았다. 그렇다면 헌책집 임자는 뭘까? 한 겨울이건 한여름이건, 날마다 몇 켤레씩 새까맣게 책먼지를 먹는 장갑을 갈아끼우면서 일하는걸. 며칠 못 쓰고 다 닳고 해진다기에 그냥 맨손으로 일하는 분이 수두룩한걸. "손에 책먼지 묻으면 지저분해서 헌책집은 가기 싫어요." 하고 대꾸하는 분한테 딱히 여쭐 만한 말은 없다. "손에 책먼지를 가득 묻힐 적에 우리 마음을 살찌우는 아름책을 한 아름 만나는걸요?" 하고 여쭙고 싶지만, 차마 말을 못 하겠다.

이제 온나라는 '서울나라'이다. 서울나라이되, 헌책집지기 '일손(일하는 손)'을 제대로 들여다보는 사람이 드물기도 하겠거니와, 논밭지기 일손을 가만히 바라보는 사람도 드물 테지. 헌책집지기 투박한 일손은 시골 논밭지기 일손하고 매한가지이다. 마디가 굵고 시커먼 두 손이다. 곳곳에 생채기가 가득하다. 거칠면서 굳은살로 가득하다. 바늘로 찔러도 피 한 방울 나지 않을 듯한 굵고 단단한 손이다. 얼마나 일했는지 손톱은 닳다가 빠져서, 따로 손톱을 깎지 않는다는 손을 보았는가? 우리가 날마다 먹는 밥은 바로 이분, 논밭지기가 일손을 바치고 온땀을 흘려서 거둔다.

헌책집지기가 바치는 보람을 늘 헤아리면서 책을 고르자고 말하고 싶지는 않다. 다만 한 가지, 이 말은 하고 싶다. 우리는 너무 손쉬운 길만 생각하지 않는가? 우리가 책을 읽어서 알고 느끼고 부대끼는 이웃하고 함께 짓는 삶과 이야기가 무엇이겠는가? 책에 담고 싣고 나눌 우리 삶자취 가운데 하나는 '헌책집지기 이야기'일 수 있을까? 우리 삶터를 이끌고 우리 삶자락 밑바탕을 이루는 사람들 가운데 하나가 바로 논밭지기요 헌책집지기일 텐데, 우리는 여태까지 뭘 해왔을까?

어릴 적을 돌아본다. 열 살을 갓 넘었을 무렵인 1985년 즈음, 이때에 우리 어머니는 마흔이 안 된 나이였다. 그런데 이무렵 어머니 손은 핏기운도 없고 아주 딱딱했으며 굵고 누랬다. 한 해 내내 숨돌릴 사이조차 없이 온갖 일을 해야 했고, 손은 늘 물에 젖거나 다른 일감에 파묻혔다. 이 일손, 그러니까 누렇고 딱딱하고 핏기운 없던 굵은 손은 우리 어머니뿐 아니라 이웃 아주머니 손이기도 했고, 온나라 할머니 손이기도 했다.

책읽는 우리 손은 어떤가? 책읽는 우리 손은 말랑말랑하고 허옇고 곱지 않은가? 책집지기 손가락을 닮은 '책읽는 손'일까? 글바치 손가락은 너무 맨들거리고 굳은살 하나 없지 않은가?

충주로 돌아가는 시외버스를 탄다. 서울을 벗어나는 길에 책을 읽는다. 시외버스는 생극면에 닿는다. 면소재지에 내린 뒤 걷는다. 이오덕 어른이 마지막 숨을 내뱉고서 멧새가 되어 떠난 무너미마을 돌집을 바라보며 걷는다. 두 시간쯤 걸으면 닿는 길이니, 책을 읽으면서 걷는다. 책을 읽다가 겨울새 소리가 들리면 우뚝 서서 귀를 기울인다. 다시 책을 펴면서 읽는다. 한겨울에 시골길을 걸으며 읽는 손은 벌써 얼어붙었다. 붓(볼펜)도 얼어붙어서 안 나온다.

2005.5.15. 책집이라는 곳

책집이라는 곳은 푸른숨결이 이야기로 거듭나면서 빛나는 곳이라고 느낀다. 책집이라는 곳은 숲에서 푸른바람을 나누어 주던 나무가 종이로 다시 태어나면서 깃드는 곳이라고 느낀다. 책집이라는 곳은 사람들이 빚은 사랑이 곱게 노래가 되어 흐르는 곳이라고 느낀다.

책꽂이에 책을 꽂는다. 책꽂이 앞에 책더미를 쌓는다. 나즈막한 책꽂이 위쪽에 책을 하나둘 얹으니 어느새 책더미를 이룬다. 꽂힌 책을 살피고 쌓인 책을 헤아린다. 빽빽한 책꽂이를 들여다보고 높다란 책더미를 바라본다. 어떤 이야기가 있을까. 어떤 책이 있을까. 어떤 삶과 어떤 사랑이 어떤 책마다 싱그럽게 숨쉴까.

책집이라는 곳에 발을 들이면 새누리가 열린다. 책집이라는 곳에 발을 들이면서 새마음이 된다. 책이라는 곳을 만나면 새하늘이 트여서 새노래가 흐드러진다.

2005.7.26. 말하는 사람, 글쓰는 사람

'말하다'는 한 낱말이다. '글쓰다'는 한 낱말이 아니다. 말하는 사람은 아주 오랜 옛날부터 있고, 글쓰는 사람은 이 푸른별에 생긴 지 얼마 안 된다. 아스라하구나 싶도록 오랫동안 사람은 누구나 말을 했다. 아니, 사람이라면 마땅히 말을 하면서 삶을 지었다. 입에서 터져나온 말은 모두 삶이었고, 꿈이나 사랑은 언제나 말로 꽃피웠다고 할 만하다.

글이나 책이라고 하는 살림(문화·문명)은 발자취가 대단히 짧다. 게다가 숱한 글이나 책은 고작 천 해나 이천 해 사이에 몇몇 사람 손에서 태어나고 몇몇 사람 손에만 읽혔을 뿐이다. 글이나 책이 푸른별 사람한테 두루 퍼진 지는 기껏해야 온해(100년)쯤이라고 할 만하다.

이제 푸른별에서는 '글쓰는' 일을 하는 사람이 많다. 글(서류)을 만지작거리는 솜씨를 가르치는 곳이 많고, 웬만한 사람은 글(문서)을 오물조물하면서 돈을 번다. 숱한 벼슬꾼과 일꾼은 '글쓰는' 사람이라고 할 수 있다. 오랜 옛날에 처음 태어난 '말'을 다루는 '글'이라고 할까.

시골에서 땅을 짓는 사람(말)이 있기에, 서울에서 일터를 꾸리거나 나라를 다스리는 사람(글)이 있다. 대통령·시장·사장·의사·법관이나 누구이건, 시골지기(말)가 있기에 비로소 이들은 손에 흙 한 톨 묻히지 않고도 먹고산다. 그런데, 시골지기(말)가 사라지면 어찌 될까? 그때에도 서울에서 살림(문화·문명)이 버틸 수 있을까?

말이 있어야 글이 있다. 말이 없이 글이 있을 수 없다. 한말(우리말)이 있으니 이를 한글(우리글)로 담는다. 말이 없다면 사람으로서 제자리를 지키지 못 한다. 그러나, 말(시골·숲·사랑)을 살피지 않고서 글(서울·문명·기계)만 주무르며 굴레(이론·지식)를 퍼뜨리는 사람이 자꾸 늘어난다. 말은 모르는 채 글만 뚝딱거리는 책을 손에 쥐는 사람도 자꾸 늘어난다. 말은 아예 잊은 채 글만 붙잡는 사람도 자꾸 생긴다. 삶이 없이 읊는 글은 문학도 철학도 종교도 정치도 교육도 인문도 되지 않는다.

들꽃내음 따라 걷다가
작은책집을 보았습니다

2005.10.1. 권정생

누리그물(인터넷)에서 이모저모 살펴보다가 '권정생' 할배 이름을 치니 여러 가지 글이 뜬다. 이 가운데 2005년 8월 26일치 〈한겨레21〉에 실린 '우토로 살리기 캠페인 모금'이 눈에 띈다. 남경필(20만 원), 김미화(30만 원), 강맑실(100만 원), 윤도현(30만 원)도 돈을 냈는데, 경북 안동 조탑마을 오막집에서 홀로 살아가는 권정생 할배도 10만 원을 냈다.

두멧시골에서, 몸 움직이기 수월하지 않다는 분이, 우체국까지 손수 찾아가서 10만 원을 부쳤을 일을 헤아려 본다. 아주 천천히, 느릿느릿 걸어서, 마을 어귀 시골버스 타는 데로 간 다음, 두 시간에 하나쯤 지나가는 시골버스를 타고는 읍내나 면내 우체국으로 가셨겠지. 우체국에서 종이쪽에 슥슥 글을 적어서 돈 조금 부쳤겠지. 버스일꾼이나 우체국일꾼은 천천히 기우뚱 걷는 할배가 누구인지 알까?

어쩐지 짠해서 눈물을 찔끔하다가, 이처럼 한결같이 이웃하고 눈물을 나누려는 모습을 가만히 그린다. 돈이 많아야 이웃사랑을 할 수 있지 않다. 100만 원을 내거나 1만 원을 내거나 대수롭지 않다. 마음이 반갑고 고맙다.

안동 할배는 어느 '수재 의연 모금'에도 돈 10만 원을 낸 자국이 있다. 이오덕 어른 큰아드님이 권정생 할배한테 언젠가 '수재 의연 모금'을 놓고서 빙그레 웃으면서 말을 여쭌 적이 있다. "정생 형님, 신문사에 10만 원 내셨습니까?" "봤냐? 10만 원 냈지." "돈이 10만 원밖에 없어서 10만 원을 내셨습니까? 신문에 이름이 실리고 싶으셨나요?" "허허, 그래. 내 이름 좀 신문에 나라고 냈지. 수재 의연금이라고 돈있는 사람들은 1억도 내고 5000만 원도 내서 얼굴이 실리던데, 〈한겨레〉에서는 1억을 내든 10만 원을 내든 얼굴 사진 없이 이름만 싣잖냐?" "거기는 그렇게 하지요." "나 같은 동화작가도 10만 원을 내는 줄 사람들이 보면, 작은 아주머니도 작은 아저씨도 1만 원씩 내서 같이 이름이 실릴 수 있지 않겠니?" "요새 어른들은 동화를 안 읽어서 정생 형님 이름이 신문에 실려도 누구인지 모를 텐데요?" "그럴까? 그러면 안 되는데. 허허. 먼저 동화부터 읽으라고 해야겠네. 허허."

곰곰이 돌아본다. 어쩌면, 권정생 할배는 '나 아직 우체국으로 버스 타고 나가서 이렇게 돈 부칠 수 있을 만큼 몸 튼튼해' 하는 이야기를 들려주는 셈이지 싶다. 적잖은 사람들이 할배 몸이 아픈 일을 걱정하지만, 그런 걱정일랑 말고, 즐겁고 아름답게 꿈을 그리고 사랑을 생각하라면서 속삭이는 10만 원이리라 느낀다.

어떻게 살아갈 때에 삶다울까. 아름답게 살아갈 때에 삶답겠지. 어떻게 살아가야 즐거울까. 사랑스레 살아갈 때에 즐겁겠지. 밥 한 그릇을 나누고, 책 한 자락을 나누고, 마음 한 움큼을 나눈다.

2005.11.22. **책읽기란**

책 한 자락을 읽으면서 이웃은 어떤 마음으로 삶을 누리는가 하는 대목을 헤아린다. 책 한 자락을 읽으면서 이웃이 즐겁게 지은 사랑을 곰곰이 되새긴다. 책 한 자락을 읽으면서 이웃이 가벼이 내미는 따사로운 손길을 기쁘게 느낀다.

얇조각을 다루거나 들려주는 책이 있고, 꿈을 그리거나 사랑을 노래하는 책이 있다. 목소리를 내세운다든지 무엇을 일깨우려는 책도 있는데, 이 모든 책은 언제나 이야기라는 옷을 입는다. 이야기가 있을 적에 책으로 태어나고, 이야기를 다루지 못할 적에는 책이 아닌 종이 꾸러미나 솥받침이고 만다.

기쁨을 기쁘게 그리기에 책이니, 책 한 자락을 읽는 동안 기쁜 무지개를 누린다. 슬픔을 슬프게 그리기에 책이며, 책 한 자락을 읽는 내내 슬픈 눈물에 젖는다. 기쁨도 슬픔도 삶을 이루는 따사로운 이야기로 흐른다. 손에 책을 쥐어 책을 만나고, 눈을 살며시 감고서 마음으로 마주보니 마음을 만난다. 자, 여기에 바람 같은 숨결이 흐르니, 이 바람결을 고이 읽는다.

2006.3.3. 번역 직역 의역 오역 번역투 창작

글쓴이가 들려주려는 이야기를 알아채지 못하면 번역이 엉터리가 되겠지. 왜냐하면, '직역'은 직역일 뿐, 번역이라 할 수 없으니까. 그렇다고, 글을 '의역'으로만 옮기면, 이때에는 번역이 아닌 창작이다. 글쓴이가 들려주려는 이야기가 아닌 옮긴이가 들려주려는 이야기로 바뀐다. 직역이든 의역이든 둘 모두 '오역'으로 가는 지름길이 되고 만다. 번역은 번역이 되도록 할 일이다. 직역도 의역도 아닌 번역을 해야지.

번역을 하려면 무엇보다 제 나라 말을 잘 할 줄 알아야 한다. 영어를 잘 안다 하더라도 우리말을 제대로 모르면, 영어 책을 잘 읽고 헤아렸어도 이 책을 우리말로 읽을 사람한테 제대로 알려주지 못 한다. 이웃말과 함께 우리말을 잘 알아야지. 게다가 이웃말만 잘 알아서는 안 되고 이웃살림(외국문화)을 나란히 알아야 하며, 우리살림까지 아우를 수 있어야 한다. 골고루 헤아리면서 짚을 수 있는 눈길과 마음결일 적에 비로소 번역을 한다.

다시 말하자면, 이웃말을 배워서 번역하는 사람이 꽤 많기는 해도, 막상 우리말을 함께 슬기롭게 익혀서 번역하는 사람은 뜻밖에 퍽 적다. 어쩌면 '없다'고까지 말할 만하다. 그리고, 글쓴이가 쓰는 '빗대기(비유)'를 옮긴이가 새로 익히지 않으면, 번역이 엉터리가 될 테지. 글쓴이 말결을 살리지 않고서 옮긴이 말씨를 쓴다면, 이때에도 번역이 아닌 의역이다. 상품 해설서를 우리말로 적는 일이 아니라면, 인문책이나 문학책을 번역한다면, 마땅히 글쓴이를 잘 알아야 하고, 글쓴이가 살아온 터전을 살펴야 하며, 글쓴이가 태어난 나라가 어떤 삶이요 터전인가를 차근차근 읽을 수 있어야 한다.

흔히 떠도는 서평을 헤아려 본다. 서평은 누구라도 할 수 있다. 그러나, 상품 해설서와 같은 서평을 하면, 이러한 서평은 책과 글쓴이를 제대로 읽어서 말한다고 얘기할 수 있을까 궁금하다. 숱한 서평은 상품 해설서에서 맴돌지 싶다. 글쓴이 한 사람이 책을 낸 뜻, 글쓴이 한 사람이 살아온 길, 글쓴이 한 사람이 이녁 보금자리에서 가꾸는 빛을 골고루 짚으며 헤아릴 적에 비로소 '상품 해설서 아닌 느낌글'을 쓸 수 있다고 여긴다.

번역투가 나타나는 까닭은 우리말을 제대로 모르면서 상품 해설서와 같은 번역을 하기 때문이다. 우리말을 올바로 배우고 슬기롭게 가다듬는 이라면 번역투로 번역을 하지 않는다. 우리말로 옮기겠지.

창작을 하는 사람도 우리말을 슬기롭고 아름다우며 사랑스레 익혀야 한다. 이웃한테 '상품 해설'을 하는 사람이 아니라 '이야기를 지어 나누는 사람'이라면, 마땅히 이 나라 이웃 누구나 즐겁게 알아듣고 아름답게 받아들이며 사랑스레 삭힐 수 있도록 우리말을 들려줄 수 있어야 한다고 느낀다.

제대로 읽을 적에 제대로 쓴다. 제대로 쓸 때에 제대로 읽는다. 제대로 볼 적에 제대로 살아간다. 제대로 살아갈 적에 제대로 본다. 언제나 함께 맞물리면서 이루는 삶이고 넋이며 빛이다. 삶과 넋과 빛이 고스란히 드러나면서 태어나는 책이다.

2006.6.4. 문득 책을 덮을 때

문득 책을 덮을 때가 있다. 책이 재미없어서 덮을 수 있지만, 책이 재미있지만 책보다 재미있는 다른 일을 하고 싶기 때문에 덮는다. 이를테면, 눈을 감고서 생각에 잠기려는 마음으로 책을 덮는다. 바람을 한껏 들이켜면서 새파란 하늘을 올려다보고 싶어서 책을 덮는다. 빗소리를 듣거나 눈송이를 바라보려고 책을 덮는다. 노래하며 뛰노는 어린이를 지켜보다가 함께 놀려고 책을 덮는다. 밥을 지으려고 책을 덮는다. 빨래를 걷어서 개려고 책을 덮는다. 졸려서 잠을 자려고 책을 덮는다. 도란도란 이야기꽃을 피우려고 책을 덮는다. 두바퀴를 타려고 책을 덮는다. 숲에 깃들어 골짝물에 풍덩 뛰어들려고 책을 덮는다. 동무한테 글월을 적어서 띄우려고 책을 덮는다. 그리고 노래를 한 줄 적바림하면서 이 마음에서 샘솟는 꿈을 읊고 싶어서 책을 덮는다.

2006.9.3. 도인

책을 왜 읽느냐고 물으면 '그냥 읽는다'고 말한다. 다시 책을 왜 읽느냐고 물으면 '즐거워서 읽는다'고 말한다. 또다시 무엇이 즐거워서 책을 읽느냐 물으면 '그저 즐겁다', '즐거우니 즐겁다'고 말한다. 즐거운 까닭이 무엇인지 좀 낱낱이 댈 수 있느냐고 또 물어보기에, 빛꽃(사진)을 찍을 적에도, 두바퀴(자전거)를 탈 적에도 마찬가지라고 얘기한다. 그저 즐겁게 찰칵 찍고, 그저 즐겁게 바람을 가르면서 달린다. 오늘 이곳에서 하루가 즐거우니까 찍고 달린다.

이렇게 대꾸하는 나를 보며 "꼭 도인 같은 말씀을 하는군요." 하고 덧붙이는 분이 퍽 많다. 그러면, "도인이요? 도인이 뭔데요? 길를 닦는 사람을 가리키는 한자말인가요? 우리말로 하자면, 길을 닦으면서 나아갈 테니 '길잡이'쯤 되겠네요. '이슬받이'라고도 할 테고요. 생각해 보면, 온누리에 길잡이나 이슬받이 아닌 사람이 있나요? 스스로 제 일을 즐기고, 일과 놀이를 하나로 받아들이고, 즐거운 일을 신나게 하는 사람이 도인이라면, 저도 도인이고 누구나 도인이지요."

한자말 '도인(道人)'을 풀면 '길을 가는 사람'일 텐데, 쉬운 말로 쓰는 '길을 가는 사람'이라면, 남 뒷꽁무니를 졸졸 따라가는 사람이 아니라, 스스로 가장 알맞고 어울리고 즐거울 길을 스스럼없이 떳떳하고 다부지게 가는 사람이겠지. 그저 스스로 할 일을 찾고 나답게 즐거움을 찾는 사람이겠지. 뚜벅뚜벅 걷는다. 한 걸음씩 나아간다. 새벽이슬을 훑는다. 아침바람을 마신다. 바야흐로 햇볕을 듬뿍 머금으면서 팔을 벌리고 웃는다.

들꽃내음 따라 걷다가
작은책집을 보았습니다

2006.10.20. 흑염소

서울 성북구에 헌책집이 참 많았다. 사람이 많고 배움터도 많으면 책집도 저절로 많다. 앞서 배운 사람이 한창 읽던 책을 기꺼이 내놓고, 새로 배울 사람이 '오래면서 새로운 헌책'을 만난다. 〈가람서점〉이 닫고, 〈이오서점〉이 닫고, 〈그린북스〉가 닫고, 〈책의 향기〉가 닫았다. 〈삼선서림〉도 곧 닫을 듯싶다.

책집이 있던 자리를 찰칵 남길 마음은 없었다. 책집이 있는 자리를 헤아리면서 찾아갔다. 책집만 사라지지 않았다. 책집이 깃든 세모난 집이 통째로 사라졌다. 빈터 옆으로 '흑염소' 글씨만 또렷하고, 옆으로는 103번 서울버스가 멈추려고 한다. 책집이 있던 자리가 텅 비면서 짐차가 여럿 선 모습을 어떻게 마주해야 할까 망설이다가, 마지막으로 찰칵 찍었다.

서울 성북구 한켠에 있던 헌책집을 '빈터만 횡뎅그렁한 모습'으로 떠올릴 책이웃이 있겠지. 웬 '흑염소' 알림판을 찍었느냐고 갸우뚱할 분이 많을 테고, 뭘 보여주려고 찍었는지 모르겠다고 여길 분이 많으리라. 그러나 이 빛그림 하나로 〈책의 향기〉라는 마을책집을 떠올려 본다. 이 마을책집에 드나들며 만나던 책을 헤아려 본다. 그동안 이곳에서 만나서 읽은 책을 그리고, 미처 이곳에서 사들이지 못 한 책을 곱씹는다.

내가 읽는 책은 외로움·고달픔·아픔·슬픔을 지워 줄는지 모른다. 그래서 날마다 새롭게 기운을 차리려고 읽는지 모른다. 그러나 책읽기만으로 앙금이나 응어리를 풀지는 못 한다. 스스로 길을 잃으니 외롭고, 스스로 마음을 잊으니 고달프고, 스스로 사랑하고 등지니 아프고, 스스로 살림을 안 가꾸니 슬플 뿐이라고 느낀다. 아침에 씻으면서 빨래를 한다. 낮에 밥을 차리고 느긋이 한끼를 누린다. 저녁에 두바퀴를 달리면서 바람을 마신다. 밤에 별바라기를 하며 오늘을 돌아본다. 책집에서도 책을 읽고, 이 보금자리에서도 책을 읽지만, 걸어다니거나 두바퀴로 달리는 모든 길에서 풀내음과 나무빛과 구름결과 햇살이라는 책을 새삼스레 읽는다. 문득 스치는 꾀꼬리가 남기는 노랫가락은 뭉클한 숲책이다. 푸릇푸릇 돋는 들풀은 싱그러운 들책이다. 톡톡 떨어지는 빗방울은 새파랗고 해맑은 하늘책이다. 모든 물줄기는 바다에서 비롯했으니, 물 한 모금을 마실 적마다 바다책을 읽는다.

2006.11.28. 책을 바라본다

책을 바라본다. 골라들어 장만할 책일는지, 그냥 훑었다가 다시 꽂을 책일는지 모르나, 책을 바라본다. 내가 읽을 만한 책이 될는지, 그냥 얼추 살폈다가 내려놓을 책일는지 모르지만, 책을 바라본다.

숱한 책 가운데 마음을 사로잡는 책이 있다. 내 마음은 사로잡지 못하지만 이웃이며 동무 마음을 사로잡을 만한 책이 있다. 다 다른 사람들이 하나둘 일구어 태어난 책은, 다 다른 사람이 찬찬히 엮기에 태어날 수 있고, 다 다른 사람이 가만히 즐기기에 책시렁에 놓는다.

다 다른 사람이 다 다른 삶을 누리며 이야기를 빚어 책을 쓴다. 다 다른 사람이 다 다른 손길로 이야기를 사랑하며 책을 엮는다. 다 다른 사람이 다 다른 눈빛을 밝히며 이녁 마음으로 스며들 이야기를 찾아서 책을 읽는다.

책을 바라본다. 이제껏 살아온 발자국대로 책을 바라본다. 책을 마주한다. 오늘까지 살아온 사랑을 듬뿍 실어 책을 마주한다. 책을 품에 안는다. 바로 이곳에서 가슴 두근두근 설레도록 이끈 책 하나 품에 안는다.

나는 서울사람이 아니기에 서울에 어느 마을이 있는지 잘 모른다. 작은아버지 두 분이 서울에서 살기에 어릴 적에는 한가위나 설이면 작은아버지한테 찾아가곤 했지만, 서울은 인천에서 참 멀고, 너무 시끄럽고, 너무 빽빽하고, 너무 숨막히고, 너무 답답했다. 이렇게 말하면, "인천부터 서울이 멀면, 부산부터 서울은 가깝나?" 하면서 핀잔을 할 분이 많으리라. 그런데, 인천에서 서울을 오가는 길보다, 대전에서 서울을 오가는 길이 빠르기도 하다. 1994년에 서울 이문동 한국외국어대학교에 들어갔는데, 그때 대전에 사는 동무가 서울 이문동에서 서울역을 거쳐 대전에 있는 저희 집에 닿는 겨를보다, 내가 서울 이문동에서 전철을 타고 인천으로 건너간 뒤에, 인천 시내버스로 갈아타서 우리 어버이 집에 닿는 겨를이 한참 늦었다.

그러니까 서울역에서 부산역까지 빠르게 기차로 달리면, 오히려 인천보다 먼저 닿을 수 있다. 그만큼 인천하고 서울은 "얼핏 가까워 보여도 대단히 먼 사이"라고 여길 만하다.

서울 골목골목을 두 다리로 누비면서 헌책집을 하나씩 찾아보려고 할 적에 어느 날 어느 책이웃님이 "삼선동에도 헌책집 많습니다." 하고 알려주었다. "삼, 뭐라고요?" 하고 되물었다. 서울내기가 아니니 '삼선동'이란 이름을 바로 알아듣지 못 했다.

서울 혜화동이 어디인지, 돈암동과 보문동은 또 뭔지, 이화동이나 숭인동이나 창신동은 또 뭔지 골이 아팠다. 그렇지만 마을 한켠에 깃든 작은 헌책집을 한 곳씩 찾아보고 꾸준히 드나드는 동안 천천히 마을이름을 사귀었고, 한 해 세 해 다섯 해 열 해 남짓 흐르는 동안 서로 다른 마을이 어떻게 맞물리면서 어울리는지 시나브로 알아차렸다.

삼선동이라는 곳에 여러 헌책집이 없었으면 그곳 이름을 귀여겨들을 일이 없었으리라. 굳이 그 마을을 찾아갈 일도 없었으리라. 삼선동에 헌책집 〈삼선서림〉이 새로 연 뒤에는 퍽 자주 삼선동을 찾아갔다. '삼선교'라는 다리를 다달이 걸어서 건넜다. 여름에는 '낙산'이라는 곳에 책짐을 이고 지고 올라가서 해바라기를 하며 책을 읽었다. 이렇게 대여섯 해를 삼선동하고 사귀던 어느 날 〈삼선서림〉이 깃든 오랜 집터를 큼지막하게 찰칵 찍었다. 이때까지 둘레에서는 '삼선교 나폴레옹 빵집'이라고 하면 알더라도 '삼선교 헌책집'이라고 하면 모르기 일쑤였다.

그런데 〈삼선서림〉이 닫았다. 작은책집이 둥지를 튼 큰집을 찰칵 찍었되, 이 빛그림을 삼선지기님한테 건네지 못 했다.

책집을 닫고서 어디로 떠나셨을까. 책집을 닫으면서 어떻게 지내실까. 삼선지기님은 "나도 책을 좋아하다 보니까, 책을 좋아하는 사람은 다들 가난한데, 가난한 책벌레한테 책값을 받기가 늘 미안했어요." 하고 말씀하곤 했다. "이 책이 귀하잖아요? 5000원에 사온 책인데, 5000원만 받을게요. 그런데 더 싸게 주지 못 해서 어쩌지요?" 하는 말씀도 곧잘 했다.

작은 헌책집이 커다란 집에서 나올 수밖에 없었다. 커다란 집을 통째로 헐어서 뭘 더 크게 올려세운다고 하더라. 삼선동에 있던 마지막 헌책집이 사라진 뒤부터, 수더분한 책집지기님을 더 만날 수 없던 뒤부터, 이제 삼선동 쪽을 바라보기가 어렵다.

2007.5.18. 책에는 길이 있다

"책에는 길이 있다"고들 흔히 말하지만, 내가 느끼기로는 좀 다르다. "책을 보며 내가 갈 길을 찾는다"고 할까. 책에 있는 길을 내가 곧이곧 대로 따르는 일이란 없고, 책에 있는 길을 따른다고 해도 내가 디디는 삶터와 이 몸뚱이와 마음은 늘 다르다. 나는 언제나 내 몸과 마음에 맞추어 길을 가게 마련이며, 내 몸과 마음에 따라서 내 뜻을 펼칠 테지.

사람은 누구나 다르다. 같은 책을 읽는 사람이라 해도 모두가 다른 대목을 바라보고 다른 길을 느낀다. 스스로 가장 반가운 대목을 보려 하고, 스스로 마음에 가장 와닿는 대목을 느끼려 하며, 스스로 마음에 꼭 담고픈 대목을 곰삭이려고 한다. 그래서 나는 다르게 말하려고 한다.

"책에는 길이 있다"가 아닌, "책에서 길을 찾는다"로 말해야 알맞지 싶다. 좀더 헤아려, "책도 보고 숲도 품으면서 길을 찾자"로 말하고 싶다. 슬쩍 살을 붙여서 "책과 삶과 숲에서 길을 찾으면서 사랑을 짓는 살림을 가꾼다"로 말하고 싶다. 좀 긴가? 그러면 "숲에서 사랑을 본다"라 말하고 싶다.

2007.7.11. 좋은 책 추천 안 하겠습니다

나한테 "감명 깊게 읽었던 책이나, 추천할 만한 책이 있으면 이야기해 주세요." 하고 묻는 분이 곧잘 있다. 나는 으레 싱긋 웃은 뒤, "하나도 없네요." 하거나 "하나도 생각 안 나요." 하거나 "글쎄요." 하고 대꾸한다.

내 까칠한 대꾸를 들으면서도 "그래도 여태껏 책 많이 읽으셨을 텐데, 한 권쯤 기억나는 책이 있지 않아요?" 하고 다시 물으면, 가방에 있거나 그날 장만한 책을 들추면서 "오늘은 오늘 읽는 책이 오늘 마음에 남습니다." 하고 짧게 대꾸한다.

나는 누구한테도 "좋은 책 추천"을 안 한다. 어느 책이건 다 다르게 읽고서 배울 뿐이니, 이 책을 읽어야 하거나 저 책을 알아야 하지 않는다. 스스로 어떤 꿈을 그리는 삶인지 차근차근 풀어내면서 묻는 이웃이 있다면, 그제서야 이런 꿈과 그런 삶에 살짝 이바지할 만한 책을 주섬주섬 들 수 있다.

우리는 서로 "좋은 책 추천"은 안 해야지 싶다. "나눌 마음을 이야기" 하는 길에 책 하나를 곁에 두면 넉넉할 뿐이라고 여긴다. "살림을 사랑으로 짓는 생각을 씨앗으로 마음에 묻는 하루"를 살아가면서, 책 둘을 보금자리에 놓으면 즐거울 뿐이라고 여긴다.

2007.8.7. 흙

흙은 오래 묵어야 기름진 흙이 된다. '새 흙'이란 없다. 켜켜이 쌓이고 묵으면서 삭은 오래된 흙이 풀과 꽃과 나무를 살찌운다. 흙에 뿌리를 내린 나무가 햇볕을 골고루 받아먹은 뒤 푸른 숨결을 내놓고는, 나뭇가지에서 톡 떨어져 가랑잎이 되면, 흙에서 삭아 흙으로 돌아간다. 흙에서 태어난 풀벌레가 흙에 뿌리를 내린 풀잎과 풀열매를 먹고살다가 어느새 흙에 살포시 안겨 흙으로 돌아간다.

한두 해를 묵거나 삭아서는 기름진 흙이 되지 않는다. 열 해나 스무 해를 묵거나 삭으며 비로소 기름진 흙이다. 온해(100년)나 두온해(200년)를 묵거나 삭으며 아름흙으로 거듭나고, 즈믄해(1000년) 즈음 묵거나 삭을 때에 짙푸른 숲을 이루는 사랑스러운 흙이다.

사람이 이루는 삶은 얼마나 삭거나 묵었을까. 사람이 빚는 글이나 노래나 이야기는 얼마나 삭거나 묵었을까. 흙과 마찬가지로 사람살이도 오래도록 삭거나 묵으면서 아름다운 빛이 서리리라 느낀다. 흙처럼 사람살림도 두고두고 삭거나 묵는 동안 시나브로 사랑스러운 빛으로 거듭나리라 느낀다.

책은 오래될수록 아름답게 빛난다. 오래도록 읽히고 되읽힐 수 있는 책은 한결같이 사랑스레 빛난다. 한 벌 읽고 내려놓는 책도 있기는 할 테지만, 모름지기 책이라 할 적에는, 즈믄해에 다시 즈믄해가 찾아와서 사람들 마음자리에 환한 숨결로 푸르게 노래하는 빛을 품은 이야기라고 느낀다.

2007.8.15. **아파트**

아파트에서는 아파트만 보인다. 숲에서는 숲만 보인다. 아이 곁에서는 아이만 보인다. 술집에서는 술꾼만 보인다. 서울에서는 바쁜 사람들과 시끄러운 쇳소리만 춤춘다.

눈을 감는다. 귀를 닫는다. 숨을 고르고서 꿈을 하나 그린다. 앞으로 살아가고 싶은 보금숲을 그린다. 이제부터 새롭게 쓸 글과 여밀 책을 그린다. 우리가 숲을 한복판으로 품고서 아이를 곁에 둔다면, 숲바람이 일렁이는 책을 곁에 둘 뿐 아니라, 아이한테 두고두고 물려줄 책을 쓰고 읽을 테지.

내가 쓰는 글과 책을 "아파트에서 사는 사람"도 사서 읽을는지 모른다만, 나는 "아파트에서 사는 사람"을 쳐다보면서 글을 쓰거나 책을 묶지 않는다. 나는 "숲을 품는 사람"과 "아이 곁에서 살림을 짓는 어진 사람"을 그리면서 글을 쓰고 책을 낼 마음이다.

사진 찍는 전민조 님을 만난다. 함께 짜장면을 먹으며 이야기를 한
다. 전민조 님이 예전에 사진기자로 일하며 겪은 일 한 가지를 들려준
다. 그날은 일본에서 장훈 선수 3000안타 특종을 찍었다는데, 마침 그
날 '나중에 ㅁ방송국 사장까지 했'던 다른 취재기자 ㅎ이 장훈 선수
한테, "내가 오늘 저녁에 당신이 하는 경기에 갈 수 없다. 그러니, 오늘
3000안타를 쳤다고 생각하고 그 느낌이 어떠한지 상상으로 이야기를
해 달라" 하고 물어보았단다. 이때 장훈 선수는, "노!"라고 하면서 "나
한테 거짓말을 하라는 소리냐?" 하고는 취재를 손사래쳤단다. ㅎ은 취
재를 못하고 투덜투덜 뒤돌아섰다는데, "싸ㅂㄴ!"이라고 한 마디 툭 내
뱉었다지. 장훈 선수는 3회와 7회에 안타를 쳐서 야구장이 온통 들썩
들썩했단다. 이날 한국에서 이 모습을 지켜보면서 사진으로 찍은 취
재기자는 전민조 님 혼자였단다.

2008.6.4. 책 짓는 생각

온해(100년) 동안 사랑받을 만한 책을 엮겠다고 생각하는 책마을 사람은 몇이나 될까. 즈믄해(1000년) 동안 사랑받을 만한 책을 묶겠다고 생각하는 책마을 사람은 몇이나 될까. 아니 즈믄해나 온해는 꿈꾸지 말고, 쉰 해쯤이라도, 아니 서른 해쯤이라도, 아니 스무 해, 아니 열 해쯤이라도 사랑받을 만한 책을 펴내겠다고 생각하는 사람은 몇이나 될까. 어쩌면 한 해가 채 지나지도 않았으나 고침판을 내야 할 만큼 책을 엮지는 않나 모르겠다. 어쩌면 새로 펴낸 그때에만 반짝 팔아치운 뒤 또다른 책을 새로 펴내며 그때그때 반짝반짝 팔아치울 마음은 아닐는지 모르겠다.

숱한 곳이 숱한 책을 내놓고, 어느 곳은 '꾸러미(도서목록)'만으로도 이미 두툼한 책인데, 꾸러미에 깨알처럼 박은 책이름이 그리 와닿지 않는다. 온해 뒤인 2108년까지도, 즈믄해 뒤엔 3008년까지도, 싱그러이 숨쉬는 이야기를 담으려는 마음이 아닌 책이 많이 팔리고 이름을 날린다고 느낀다.

2008.6.5. **낙후한 옥상을**

아침부터 바삐 움직이며 국회의사당 나들이를 다녀온 저녁이다. '배다리 산업도로'를 막으려는 일 때문에 국회에서 토론마당을 열기로 한 하루였다. 국회를 둘러보고 토론마당을 사진으로 찍고, 이야기를 얼른 옮겨서 누리신문에 보내느라 눈 허리 팔다리가 몹시 쑤시다. 느끼한 낮밥과 저녁 때문에 속까지 더부룩한 판에, 고단한 서울 나들이를 마치고서 인천으로 돌아와 이내 뻗는다. 꿈도 없이 잠에 깊이 빠져든 때는 저녁 아홉 시 반쯤일까. 한창 달게 자는데, 곁님이 전화가 왔다면서 나를 깨운다. 뭔가, 하며 부시시 일어나서 받는다.

밤 열한 시 사십오 분. 아홉 시가 아니고 열두 시가 코앞이네. 이런, 뭐야. 어디에 불이라도 났나. 웬 밤에 전화? "옥상으로 올라가려고 하는데 문이 잠겨서 전화를 합니다. 거기 사진책 도서관을 하는 주인 되십니까?" "네, 맞습니다." "저희가 영화를 찍는데, 옥상으로 올라가는 문을 열어 줄 수 있으십니까, 어디 먼 데에 계신가요? 열쇠를 가지고 와서 열어 주시기 힘드실까요?" 무슨 뜬금없는 옥상문? 영화? 옥상마당은 우리가 사는 집인데 왜 열어 주나? "글쎄요." "저희가 옥상에서 찍어야 하는데, 밤이라서 다들 닫혀 있고 건물주인하고 통화를 할 수 없어서 전화를 드립니다. 혹시 여기 건물주인이신가요?"

요 앞 헌책집에서 어떤 젊은 무리가 영화를 찍는다는 이야기를 얼핏 들었는데, 그이들인가? 그나저나, 어떤 영화를 찍는데? "뭐, 옥상에서 내려다보는 모습을 찍는가요?" "옥상에서 한 씬하고, 계단으로 올라가는 씬하고 있습니다." "내려갈 테니 조금만 기다리세요." 옷을 주섬주섬 챙겨 입고 뒷간에서 볼일을 보고 밑으로 내려간다. 얼추 한 시간쯤 찍는다고 한다. 그런데 이이가 하는 말 가운데 "저희가 낙후한 건물 옥상을 찍어야 하는데 ……."라는 말이 덜커덕 마음에 걸린다. '낙후한 건물'? 이 녀석 뭐냐. 이 녀석 우리 마을에서 영화를 찍는다면서 '낙후 어쩌고' 하는 꼬락서니를 보니, 이곳 골목길이 '인천시장과 개발업자가 뇌까리는 낙후한 도심 재생이 어쩌고 낙후한 구도심 재개발이 어떻고 읊조리는 말'하고 똑같네? 낙후가 어쩌고라니? 뭐 이 따위 너절한 생각으로 영화를 찍겠다고 그래?

아무튼, 늦은밤까지 찍어야 한다는 영화쟁이가 고달프겠거니 여기면서 옥상 구경이라도 하라고 함께 올라간다. 둘레에 영화감독이 없었다면 매몰차게 닫고서 꺼지라고 했을 터이나, 옥상에 올라온 그이는, 내가 이곳에서 사느냐고 묻는다. 아까 전화로 이미 얘기하지 않았니? 내가 여기 산다고, 한밤에 네 전화를 받고서 자다가 깼잖니?

그나저나, 영화 찍는 곳 섭외는, 처음부터 하나하나 다 챙기고 알아본 다음 해야 하지 않니? 더구나 밤에 옥상을 찍어야 하면, 낮부터 집임자나 삯집사람한테 미리 이야기를 해놓아야 하지 않니? 어떤 영화를 찍고 이곳에서 어떤 대목을 찍는지를 밝혀야 하지 않니?

"너무 민폐를 끼칠 듯해서 안 되겠습니다. 죄송합니다." "아니, 됐습니다." 찌뿌둥한 몸은 풀리지 않았고, 잠만 깼고, 고양이는 같이 놀아달라고 아우성을 떨다가 제풀에 지쳐 쓰러져 자다가 다시 일어나서 같

이 놀자고 하다가 또 한쪽 구석에 널브러져서 자고. 나도 자야지. 이
'낙후한 건물'에 사는 어리석은 마을사람은 얼른 자야지.

2008.8.30. '시'를 듣다가

어느 '시낭송회'에 갔다. 사진을 찍어 주러 갔다. 그런데 시를 듣다가 많이 졸렸다. 그렇지만 나 혼자 꾸벅꾸벅 졸 뿐, 이 자리에 모인 분들은 하나같이 좋다고 손뼉을 친다.

나는 마음이 가난한가 보다. 밤이고 새벽이고 낮이고 거의 잠을 이루지 못하고 천기저귀만 빨아대느라 손가락이 퉁퉁 붓는다. 아직 짝을 맺지 않고서 혼자 살며 두바퀴(자전거)를 타고 글을 쓰던 무렵에 박힌 굳은살에 곱으로 굳은살이 박히는 손을 어루만지며 하품을 한다.

참으려고 해도 하품이 쏟아진다. 고단하다. 아마, 이 나라 어머니 가운데 졸음이 쏟아지지 않는 분이 없을 테며, 이 나라 어머니 가운데 고단하지 않은 분은 없으리라. 그렇지만 이렇게 졸리고 고단해도 몸을 쉬거나 풀지 못 하면서 다른 일에 치이고 끄달리고 매인다. 한 가지 일거리가 채 끝나지 않으나 새 일거리가 나타난다. 한 가지 일거리로도 벅찬데 새 일거리가 불쑥 고개를 내민다. 한 가지 일거리로 허리가 휘는데 새 일거리가 어깨에 얹힌다.

이 땅 어머니는 졸리면서도 눈을 비비고 일어났다. 이 땅 어머니는 고단하면서도 등허리 톡톡 두들기고서 자리에서 일어났다. 나도 일어나야지. 이제 겨우 첫 아이, 첫 걸음인데.

2008.11.5. **기저귀 빨래**

곁님이 문득 "기저귀 빨래를 하다 보면 내 옷은 빨래하기 싫다"고 말한다. 곰곰이 생각한다. 아기 기저귀를 빨래하다 보면, 굳이 내 옷까지 빨아야 하나 싶기는 하다. 이미 아기 기저귀를 빨면서 힘을 다 쓴 탓이다. 배냇저고리에 기저귀에 수건은 날마다 빨래하고, 이부자리에 포대기는 날마다 해를 먹이고서 며칠마다 빨래한다. 이와 달리 내 옷은 '그냥 하루 더 입자'라든지 '또 하루를 더 입자' 하고 여기면서 미룬다. 곁님한테 한 마디 한다. "그래도 그대 옷은 내놓아. 내가 빨래를 할 테니. 기저귀를 빨래하는 김에 함께 빨면 돼."

2009.1.20. **책을 왜 못 읽을까**

'책을 읽자'고 외치는 글바치(작가·기자·지식인) 스스로, '책읽을 사람'이 어디에서 어떻게 살아가는지 잘 모르지 싶다. '책을 읽어야 할 사람'들이 왜 책을 못 읽거나 멀리하는지를 잘못 알거나 엉뚱하게 헤아린다고 느낀다. '책을 못 읽는 사람'이 책을 읽을 수 있도록 이끌어 가려면 무엇을 어찌 고쳐야 하는가를 살피지 못 하는구나 싶다.

책을 안 읽는 사람들한테 억지로 책을 쥐어 주더라도 책을 읽을 수 있지 않다. 책을 쥐어 주면서 억지로 읽힌다 한들 이 책에 담긴 속살을 살뜰히 받아들일 수 있지 않다. 느긋하면서 넉넉한 매무새로 책을 가까이하고 읽고 새기고 나누며 펼칠 수 있도록 삶터 틀거리가 달라저야 한다.

우리 삶터부터 바꿔야 한다. 낡은 틀거리가 그대로 있고, 우리 삶터가 팍팍하고 메마르고 거친 그대로 이어갈 적에는, 숱한 '책마을 잔치'와 '책읽기 바람'을 편다고 하여도, 여느 사람들이 책을 사랑하거나 아끼는 일은 터무니없다고 느낀다.

책다운 책부터 골고루 쓰면 된다. 널리 팔릴 책이 아니라, 널리 헤아리는 눈길을 북돋울 책을 쓸 일이다. 천만 사람이 사읽을 몇 가지가 아닌, 백만 사람이 사읽을 열 가지가 아닌, 만 사람이 사읽을 만 가지 책을 쓸 일이요, 십만 사람이 사읽을 천 가지 책을 쓸 일이다.

천 가지 책이 해마다 십만 사람한테 읽힐 수 있는 나라여야 아름답다. 만 가지 책이 해마다 만 사람한테 읽힐 수 있는 나라여야 사랑스럽다. 십만 가지 책이 해마다 천 사람한테 읽힐 수 있는 나라로 나아간다면, 우리는 언제 어디에서나 어깨동무를 하는 빛나는 사람으로 설 만하다고 본다.

마을책숲(구립·면소재지 도서관)이라면, 해마다 만 자락 책을 새로 받아들일 만해야 한다. 고을책숲(시립·군립 도서관)이라면, 해마다 십만 자락 책을 새로 받아들일 만해야 한다. 나라책숲(국립 도서관)이라면, 해마다 백만 자락을 새로 받아들일 만해야 한다. 이런 밑바탕을 다지는 길에 마음을 쓰면 된다. 이런 밑일을 하면 구태여 "책 좀 읽읍시다!" 하고 외칠 까닭이 없다.

밤에 언제 잠을 자랴. 새벽에 언제 잠이 들랴, 아침이나 낮이나 저녁에 언제 쉬랴. 혼자 살림을 꾸릴 적에도 하루하루 벅차고 빠듯하게 몰아친 몸뚱이였고, 둘이 살림을 차릴 적에도 나날이 힘겹고 고단하게 몰아붙인 몸뚱이인데, 아이 하나 태어나면서 살림을 일구자니 어느 하루도 마음껏 눈을 붙이거나 기지개를 켤 수 없는 몸뚱이로구나. 긴긴 하루를 칭얼거리던 아기가 잠들고 곁님도 새근새근 잠들지만, 애 아빠인 나는 잠들지 못 한다. 빨래도 해야 하지만, 집도 치우고 밀린 일도 해야 하고, 날마다 꾸역꾸역 끄적이는 글도 살펴야 한다. 온몸 어느 구석 쑤시지 않은 데가 없고, 온마음 어느 자리 결리지 않은 데가 없으나, 죽도록 글쓰기이다.

2009.4.18. 반값 등록금

등록금이 너무 비싸기에 깎아 달라고 하는 대학생들 목소리가 있다. 남녀 학생이 머리카락을 박박 밀던데, 한 해에 천만 원 안팎이나 되는 등록금을 내야 하니 이렇게 목소리를 낼 수 있겠지.

그러나 난 달리 생각한다. 머리를 박박 깎으면서 "반값 등록금"을 외치지 말고, 그냥 "대학교 그만두기"를 할 일이라고 본다. 중·고등학생은 "대학입시 그만두기"를 외칠 노릇이라고 본다.

모든 사람이 대학교에 가야 할 까닭부터 없고, 모든 사람이 대학교에 들어갈 수도 없다. 대학교에 안 들어가면서 일찌감치 홀로서기를 하는 사람한테는 나라가 무슨 이바지를 하는가? 중·고등학교를 굳이 안 다니면서 스스로 논밭지기로 살아가다든지, 집살림을 도맡으면서 조용히 살아가는 사람을 돕는 나랏길(국가정책)이 하나라도 있는가?

없다. 아예 없다. "반값 등록금"이 아니라 "등록금 없는 대학교"여야 하고, 대학교를 1/100로 확 줄여야지 싶다. 대학교까지 굳이 들어가서 깊거나 넓게 살필 배움길이 있고, 초·중·고등학교조차 아예 안 다니면서 스스로 살림짓기를 이루는 배움길이 있다.

책을 읽기에 똑똑하거나 슬기롭지 않다. 책을 안 읽기에 안 똑똑하거나 안 슬기롭지 않다. 삶을 스스로 다스리기에 똑똑하고, 살림을 스스로 짓기에 슬기롭다. 아이들을 보라. 배움수렁(입시지옥)에 갇히니 책을 못 읽는다. 배움수렁에서 풀려나니 '놀고 싶어'서 책을 안 읽는다.

배움수렁을 가로지른 뒤에 놀다 보면 어느새 책하고 등지는 버릇이 박히고 마는 터라, 나중에 일터를 찾거나 아이를 낳아 어버이로 서더라도 끝내 책을 안 읽는다.

들꽃내음 따라 걷다가
작은책집을 보았습니다

2009.11.2. 필름 손들기 + 새 디카 발들기

지난 열 해 가까이(1998~2006년) 한 통에 4000원을 주고 사던 필름(일포드 델타 400 프로페셔널)이 지지난해(2007년)에 4500원쯤 했고 지난해(2008년)에 4700원을 했다. 올해에는 7500원을 한다. 4700원 하던 무렵에 100통을 더 사고 싶었지만 살림돈조차 빠듯해서 못 사고 지나쳤다. 내려갈 일이 없는 필름값을 모르지 않으나, 돈이 있는 사람이라면 누군들 미리 장만하겠지만, 입맛만 쓰게 다신다.

남은 필름이 서른 통 남짓일 때부터 알아보았고, 이제 여남은 통밖에 없는데, 어찌어찌해야 할까 오래도록 걱정을 했다. 이러다가 마음을 먹는다. 이제 필름 사진은 못 찍겠다고, 꼭 찍을 마지막 필름사진은 책집 한 곳마다 넉 자락씩 찍기로 하고, 필름은 눈물을 삼키면서 끝내자고.

그런데 디지털사진기를 알아보면서 눈이 휘둥그레하다. 값이 장난이 아니다. 퍽 쓸 만하다 싶으면 필름 1000통을 장만하는 값이고, 이럭저럭 쓸 만하다는 디지털사진기도 필름 200~300통 값을 한몫에 들여야 한다.

필름을 더 장만해야 하는가 하는 생각에 손을 들었다가, 디지털사진기를 처음으로 마련할 생각에 발까지 든다.

줄거리를 뽑아내거나 알아차리는 일은 책읽기가 아니다. 흔한 말로 '초등학교 독후감 숙제'이다. 그러나 도서평론가라는 이름을 걸거나 책읽기를 좋아한다고 내세우는 사람치고 '초등학교 독후감 숙제' 틀에서 벗어나는 사람이란 드물다고 느낀다.

스스로 느낀 삶빛으로 글을 풀어내면 될 텐데. 아쉬운 책은 아쉽다고 말하고, 아름다운 책은 아름답다고 말하면 될 텐데, '주례사 서평'으로 기울거나 '독후감 숙제'로 치닫는 책느낌글이 갈수록 흘러넘친다.

짐(숙제)처럼 쓰는 글이란, '글'이 아닌 '짐'이다. 사랑을 담아서 쓰는 글일 적에는, 글이면서 사랑이다. 살림을 지으면서 쓰는 글과 책이기에, 오롯이 글과 책이면서 살림빛이다.

2010.5.29. **돈**

에스파냐로 마실을 간다는 언니가 찾아왔다. 이제 모레면 날개(비행기)를 타고 간단다. 꽤 오래 마실을 한다는데 나더러 "좀 있어 봐." 하더니 맞돈 백만 원을 뽑아 와서 건넨다. 다음달에 살림집을 옮긴다는 나한테 돈이 있느냐고 묻더니 이렇게 곧바로 보태어 준다. 살림집과 책마루숲(서재도서관) 달삯은 벌써 몇 달 앞서부터 빠듯해서 죽을 노릇이었다. 나처럼 밑천이 없는 사람한테는 돈을 빌려주는 데도 없으나 돈을 빌려서 쓸 마음이 없기도 하다. 그래도 어찌저찌 버티는 살림살이였기에, 살림집을 빼면 밑돈(보증금) 삼백만 원으로 짐차를 부르고 시골집에 기름을 넣을 셈이었다. 그렇지만 코앞에 닥친 이달치 달삯이 걱정이었는데, 용케 언니한테서 목돈을 받아 한숨을 돌린다.

밤나절, 졸려 하는 아이 이를 닦고 손발을 씻긴 다음 가만히 업고서 노래를 자장자장 부른다. 업힌 아이 손에서 힘이 다 풀리고 고개가 내 등에 푹 박힐 무렵 천천히 바닥에 누인다. 이십 분을 아이 곁에서 가만히 기다린 다음에 천기저귀를 채운다. 비로소 느긋하게 셈틀을 켠다. 그렇지만 셈틀을 켰어도 글을 쓸 기운은 없다. 하루 내내 홀로 아이를 돌보느라, 더욱이 어제·그제·오늘까지 이불 석 채를 내리 빨래하느라 해롱해롱한다.

2010.8.5. **이 책과**

책을 읽으면서 글로 담아낼 이야기를 얻거나 느끼거나 배우거나 찾을
수는 없다고 본다. 책을 읽는 동안에는 내 마음속에 있으나 여태 스스
로 제대로 느끼지 못하던 이야기 한 자락을 알아차린다. 책을 읽으면
서 이제껏 스스로 옳게 익히지 못했던 삶을 새삼스레 배운다. 이 책과
함께 살아가고 오늘을 지으면서, 내가 나답게 나아가려는 길과 내가
스스럼없이 바라보려는 자리를 또렷하게 새긴다.

2010.9.2. **나이**

나이를 먹는다고 모두 어른이 되지 않는다. 나이를 먹었다고 모두 어르신으로 섬길 수 없다. 책을 읽었다고 모두 깨닫거나 배우지 않는다. 책을 많이 읽었다고 더 잘 깨닫거나 더욱 많이 배우지 못 한다. 책을 많이 읽은 사람이기에 굳이 우러를 만하다거나 대단하다고 바라볼 까닭이란 없다.

들꽃내음 따라 걷다가
작은책집을 보았습니다

2010.9.22. **아름책**

몸이 고단해서 드러누운 채 훑다가 벌떡 자리에서 일어나 반듯하게 앉아 다소곳하게 읽으라고 넌지시 이끌어 주는 아름책.

인천 골목마을에서 살던 무렵에는 우리 골목마을 가까이에 배다리 책골목이 있었다. 배다리 책골목 한켠 하늘집(옥탑방)에서 한 해 남짓 살기도 했다. 책골목 한켠에 자리한 하늘집에서 사는 동안 날마다 둘레헌책집을 살랑살랑 쏘다니며 얼마나 기뻤는지 모른다. 심심하면 슬슬 들르면 되고, 책을 한꺼번에 잔뜩 장만한다 할지라도 걱정 하나 없다. 코앞에 있는 집으로 가뿐하게 지고 가면 되니까. 비가 온들 걱정이랴 눈이 온들 근심이랴. 맨몸으로 몇 걸음 뛰면 책집인걸. 이 책집 저 책집 모두모두 스윽 돌아 책 몇 자락 장만하고 마을도 한 바퀴 가볍게 돌고서 집으로 돌아오면 느긋하다.

이렇게 살다가 시골집으로 옮겼다. 여느 시골집조차 아닌 멧기슭에 자리한 멧골집이다. 이 멧골집에서 면이나 읍으로 나가는 버스를 타러 가자면 이십 분쯤 걷는다. 이십 분쯤 걸어가서 이십 분쯤 기다린다. 시골버스는 갑자기 더 빨리 올 수 있으니 늘 먼저 가서 기다린다. 이십 분쯤 기다리던 시골버스를 탄다. 손님이 거의 없거나 아예 없는 버스를 호젓하게 타고서 면이나 읍으로 가서 서울로 가는 시외버스를 타려면 또 얼마쯤 기다린다. 버스를 타거나 기다린다며 한두 시간 훌쩍 지나는 일이란 흔하다.

인천에서 시골집으로 옮긴 뒤, 시골집에서 인천으로 볼일을 보러 가자면 으레 여섯 시간 남짓 걸린다. 인천에서 살아가는 예전 이웃들은 이런 말을 들으면 놀란다. 그러나 참말 그러하다. 우리한테 쇳덩이 (자가용)가 있다면 시골집에서 인천까지 한 시간 남짓이면 넉넉하리라. 그러나 기차를 타든 버스를 타든 여섯 시간은 넉넉히 써야 한다. 인천에서 살며 일산 곁님 어버이한테 가려면 전철을 타고서 세 시간 반을 갔다. 이 길을 택시로 달리면 꼭 삼십 분 즈음 걸리더군.

코앞에서 책집을 즐기던 때하고 먼길을 달려 책집을 즐기던 때는 같을 수 없다. 그러나 다를 까닭이 따로 없다 할 수 있기도 하다. 나랑 아이는 그저 '책을 볼' 뿐이기 때문이다. 우리는 우리 삶을 빛내는 길동무 같은 책을 만날 뿐이다. 좋은 길동무가 아니다. 나쁜 길잡이도 아니다. 그저 길동무에 길잡이로 마주한다. 가까운 책집도 머나먼 책집도, 늘 새롭게 눈길을 틔우는 길님이다.

그나저나 큰고장에는 여느 살림집 둘레에 '가까운 작은 책집'이 늘어나기를 빈다. 우리 보금자리가 깃든 시골이라면, 여느 마을마다 '가까운 작은 책숲(도서관)'이 태어나고 늘어나기를 빈다.

2010.10.30. 책을 사는 까닭

배워야 하니 책을 산다. 더 배워야 하니까 더 책을 산다. 거듭 배워야 하기에 거듭 책을 산다. 꾸준히 배워야 하는 만큼 꾸준히 책을 산다. 살림길을 갈고닦아야 하는 터라 오늘을 갈고닦을 책을 산다. 이 삶을 사랑하는 그대로 늘 사랑할 책을 산다. 스스로 읽어 스스로 아름답게 살아갈 기운을 얻자는 마음으로 책을 산다. 오늘 하루 읽고 어제 하루 읽었으며 모레 하루 읽을 책을 산다.

아이를 무릎에 앉혀서 함께 읽는 책을 산다. 책꽂이에 곱게 채워 놓을 책은 사지 않는다. 꽤 많이 팔리는 책이라 해서 사지 않는다. 사람들이 입에 침이 닳도록 치켜세우는 책이라 할지라도 딱히 사지 않는다. 마음으로 스며들 때에 책을 산다. 마음을 활짝 열도록 다가오는 책을 산다.

나부터 두고두고 사랑할 만한 책을 산다. 우리 아이가 튼튼하고 씩씩하게 큰 다음에도 아낌없이 사랑할 수 있을 만한 책일까 헤아리며 산다. 돈이 넉넉하기에 책을 사지 않는다. 돈이 모자라기에 책을 못 사지 않는다. 돈을 좀 벌었다고 하더라도 아무 책이나 사지 않는다. 살림 돈이 바닥났어도 책을 산다. 집에 책꽂이가 모자라지만 책을 산다. 책꽂이 들일 돈을 겨우 마련했으나 책꽂이 살 돈으로 다시 책을 산다. 이 바람에 애써 산 책을 책꽂이에 알뜰히 건사하지 못 하고 바닥에 쌓아 놓고 말지만, 다시금 꾸러미 가득 가방 가득 책을 산다.

잠자리맡에 둘 책을 산다. 일하는 맡에 놓는 책을 산다. 아이가 날마다 숱하게 들여다보며 되읽는 책을 산다. 100만 원이 들든 10만 원이 들든 1만 원이 들든, 어쩌면 한 해 꼬박 치르는 책값이 1000만 원 가까이 되거나 웃돌든 어찌 되든 책을 산다.

내가 책을 사지 않았다면 책값으로 들인 돈을 어디에 썼을까 궁금하다. 아니, 내가 책을 사지 않고 살았으면 책값으로 들였던 돈을 벌수조차 있었는지, 또는 오늘까지 이렇게 목숨을 이으며 깜냥껏 즐거웠다고 돌아보는 나날을 보낼 수 있었는지 궁금하다. 이리하여 책을 사고, 또 사고, 다시 사며, 거듭 사다가는, 자꾸자꾸 사고, 되풀이해서 사며, 겹쳐서 사기도 하면서, 신나게 산다.

글이란, 글을 읽는 사람 몫이다. 글을 쓰는 사람 몫이 아니다. 제아무리 글을 아름답고 알맞게 잘 썼어도 글을 읽는 사람이 아름답거나 알맞게 헤아리지 못하면 부질없다. 글쓴이한테 부질없지 않다. 글을 읽는 사람한테 부질없다. 글을 쓰는 사람은 빈틈없거나 옹글게 이야기를 들려주지 못 할 수 있다. 그러나 무언가 마음속에서 샘솟는 싱그러운 물줄기가 있기에 글을 쓴다.

여기저기 엉성하거나 어리숙할 수 있겠지. 이 엉성하고 어리숙한 쳇바퀴에서도 스스로 길을 찾아서 새롭게 받아들이거나 맞아들이면 넉넉하다. 이 길이 맞느냐 저 길이 틀리느냐를 따지는 글읽기가 아니다. 스스로 아름다우며 사랑스럽게 살아가는 길을 느끼면서 살피고자 찾아서 하는 글읽기이다.

글쓴이는 처음부터 삶쓰기를 하듯이 글쓰기를 한다. 읽는이 또한 처음부터 삶읽기를 하듯이 글읽기를 하면 된다. 삶쓰기와 삶읽기가 어우러질 적에 글쓴이와 읽는이는 마음과 마음으로 만난다.

하루를 노래하는 마음으로 쓰고 읽는다. 풀벌레만큼 노래하고, 멧새만큼 노래한다. 개구리만큼 노래하고, 매미만큼 노래한다. 더 높이도 낮게도 노래하지 않는다. 고만고만 사람답게 노래한다. 사람과 사람이 만나서 삶과 삶을 나누며 사랑과 사랑이 어깨동무하는 사이에, 문득 글 한 줄에 책 한 자락이 태어난다. 이 사이에서 아이들이 태어나서 자란다.

2011.2.16. 글을 쓰는 집

'작가들이 사는 집' 이야기를 풀어놓은 책을 읽었다. 읽었다기보다 두 해 동안 책시렁에 얌전히 모시다가 엊그제 후다닥 읽어치웠다. 책을 읽어치우기를 몹시 싫어하지만, 때때로 책을 읽어치우고 만다.

허접한 책이라면 구태여 장만하지 말았어야 한다. 어떻게 본다면 허접한 책마저 이 책에서도 얻을 대목이 있으니까 읽어야겠다고 여기는지 모른다. 참말 허접하다는 책이든 아름답다는 책이든 우리한테 이야기를 건넬 테니까.

그러면 '작가들이 사는 집' 이야기는 허접한 책이었을까. 글쎄, 허접한 책이라고까지는 여기지 않는다. 다만, 글쓴이가 조금 더 헤아리지 못 하기에 슬프더라. 왜 그러한가 하면, '작가들이 사는 집'에 나온 '작가'를 보니, 꼭 한 사람을 빼고는 모두 책을 많이많이 팔아서 돈을 많이많이 벌어 "마치 귀족이라도 되는 듯이 집을 꾸미면서 살기" 때문이다. 글쓴이는 "으리으리 때려지은 큰집"에서 멋을 부리면서 글을 쓴다는 이름난 사람한테 홀린 듯싶더라.

온누리에 아름글이나 아름책을 남긴 사람들이 어디에서 어떤 집을 일구었는지 곰곰이 헤아려 본다. 적잖은 아름글님은 서울 아닌 시골에 깃들면서 글을 빛내었다. 들과 숲과 메와 바다를 품는 삶터에서 마치 바람을 타거나 별을 노래하듯 글을 밝혔다.

'작가들이 사는 집'을 다시 살펴보니, 하나같이 '글바치 스스로 아이를 안 돌보는 나날'이다. 새가 노래하고 아이들이 뛰놀고 나무가 춤추고 밤마다 별잔치를 누리는 '수수한 글집' 이야기를 담아내어 책으로 묶는 일꾼은 있으려나 없으려나. 흙을 사랑하듯 사람을 사랑하고, 사람을 사랑하듯 숨결을 사랑하며, 숨결을 사랑하듯 집과 글과 그림을 사랑하는 '지음이'가 노래하는 집을 마음으로 그려 본다.

들꽃내음 따라 걷다가
작은책집을 보았습니다

2011.3.15. 손으로 책읽기

손으로 아이 이마를 쓰다듬으면 아이 몸이 어떠한가를 느낄 수 있다. 손으로 곁님 어깨나 허리나 다리를 주무르면 곁님 몸이 어떠한지를 느낄 수 있다. 손으로 흙을 쥐어 사르르 떨어뜨리면 흙이 어떠한가를 느낄 수 있다. 손으로 나뭇잎이나 풀잎을 쥐어 스르르 어루만지면 잎사귀가 어떠한지를 느낄 수 있다.

누구는 눈으로 보아도 척 알 수 있겠지. 누구는 눈으로 보기 앞서 살갗으로 다가오거나 마음으로 스미는 느낌으로 훤히 알 수 있겠지. 누구는 책으로 읽은 앎조각에 기대어 안다 할 수 있겠지.

글 한 줄이나 책 한 자락에 너른 사랑을 담았는지 얕은 돈셈이 스몄는지는, 책을 가만히 읽으면서도 느낄 수 있지만, 책을 살살 쓰다듬으면서도 알 수 있다. 책겉만 보아도 훤히 헤아릴 수 있다.

그런데 우리는 무엇을 알며 나누는 사람일까. 우리는 무엇을 하면서 누구랑 이웃하는 사람인가. 이 손길은 무엇을 느끼려 하고, 나는 어떻게 느낀 이야기를 스스로 앎조각으로 받아들이려 하며, 앞으로 어디에서 어떻게 살아가고픈 목숨인가.

손으로 책을 읽는다. 눈으로 책을 읽는다. 마음으로 책을 읽는다. 몸으로 책을 읽는다. 귀로 책을 읽는다. 발가락으로 책을 읽는다. 머리로 책을 읽는다. 나는 이렇게도 책을 읽고 저렇게도 책을 읽는다. 책 하나를 여러 가지로 읽는다. 책 하나를 오롯이 읽자면 이 삶부터 사랑으로 기쁘게 여밀 일이다.

2011.3.31. 닫는 책집

엊저녁 서울 혜화동에 오래도록 자리하며 책삶과 책사랑을 나누어 온 헌책집 일꾼 한 분한테서 전화가 왔다. 혜화동 헌책집 일꾼은 이제 더는 헌책집 살림을 꾸릴 수 없다고 이야기한다. 이녁 헌책집에 건사한 책을 통째로 넘겨받을 사람이 있을까 모르겠다며, 좀 알아보아 주기를 바란다면서, 문을 닫기 앞서 밥 한 그릇 같이 먹자고 말씀한다.

숱한 마을새책집이 일찌감치 아주 조용히 사라졌다. 여러 열 군데나 여러 백 군데가 아닌 여러 즈믄 군데 마을새책집이 참으로 아주 조용히 사라졌다. 숱한 마을새책집이 마침내 닫던 때, 마을새책집을 이어오던 그분들은 마지막 자리에서 누구하고 마지막 이야기와 밥과 술과 책을 나누었을까.

"그동안 고마웠습니다. 그동안 애쓰셨습니다." 나는 이 두 마디만 겨우 목소리로 끄집어낸다.

2011.7.13. 동생한테 책 읽히는 누나

어머니가 저한테 했듯이, 아버지가 저한테 하듯이, 첫째 아이는 둘째 아이 곁에 누워서 조그마한 책을 위로 척 올린다. 석 돌을 앞둔 첫째는 한글은커녕 알파벳 하나 모른다. 한글책인지 영어책인지 모르면서 영어 그림책을 어떻게 골라내어 펼쳐 들고는 제 동생한테 읽어 준다. 알아들을 수 없는 쫑알쫑알 말마디를 쉴새없이 읊는다. 펼친 쪽에서 웬만큼 쫑알쫑알 했다 싶으면 가슴에 책을 대고 다음 쪽으로 넘겨 다시 쫑알쫑알 노래를 한다.

2011.8.25. 무상급식

만화책《아빠는 요리사 112》을 보면 도시락 싸는 이야기가 나온다. 이 책에 나오는 '요리사 같은 아빠'가 다니는 일터에서 서로 어떤 도시락을 싸는가를 보여준다. "집에서 도시락을 싸는 일이 얼마나 기쁘며 즐거운가" 하고 이야기한다.

얼마 앞서 서울에서는 '무상급식'을 놓고 '주민투표'를 벌였다는 이야기를 듣는다. 속으로 생각한다. 참말 크나큰 일을 뒷전으로 미루고서 이런 일 때문에 퍽 많은 사람들이 말다툼을 할 뿐 아니라 적잖은 돈을 들인다니 놀랍다. 왜 배움터에 '밥짓는 터'가 아닌 '밥을 얻어먹는 터'를 열어야 하는지 아리송하다.

모든 아이한테 "손수 도시락을 쌀 밑돈"을 주면 된다. 또는 모든 아이가 배움터에서 11시 무렵 이르면, "스스로 배움밥터에서 밥을 지어서 같이 먹을 자리를 마련"하면 된다. 살림길에서 밥옷집 세 가지를 누구나 손수 건사할 줄 알아야 한다. 아이들이 밥 한 그릇 손수 지을 줄 모르는 채 몸뚱이만 스무 살이 넘는다면, 앞으로 어떤 사람이 될는지 생각할 노릇이다.

나는 더 생각한다. '무상급식 주민투표'에 앞서 '초·중·고등학교 주차장'을 제발 없애기를 빈다. '학교 주차장'을 걷어내고서 '배움텃밭'이나 '배움숲'으로 바꿀 노릇이라고 생각한다. 아이도 어른(교사)도 배움텃밭에서 푸성귀를 길러서 아침 11시부터 함께 밥을 짓고 나누는 '살림

배움'을 할 노릇이라고 본다.

밥을 지을 줄 모르는 아이로 자라서 어른이 된다면, 이 아이는 어떤 글을 쓰거나 어떤 책을 읽을까? 밥을 손수 차려서 나눌 줄 아는 아이로 자라면서 어른이 될 적에, 이 아이는 글을 안 쓰거나 책을 안 읽더라도 아름빛을 사랑으로 나누는 마음이 반짝반짝하리라.

2011.8.28. 노래를 쓴다

곁님하고 살아가면서 노래(시)를 쓴다. 첫째를 낳아 셋이 살아가면서 노래를 쓴다. 둘째를 낳아 넷이 살아가면서 노래를 쓴다. 하루하루 살아내면서 노래를 쓴다. 시골자락 집을 얻어 지내면서 노래를 쓴다. 우리 보금숲을 꿈꾸면서 노래를 쓴다. 밤에 노랫가락을 그치지 않는 풀벌레가 어디쯤 깃들며 이렇게 고맙게 베푸는지 귀를 기울이면서 노래를 쓴다. 노랗게 물드는 두릅나무 잎사귀를 바라보면서 노래를 쓴다. 길디긴 비가 그치고 파란하늘을 살짝살짝 보여주는 새날을 맞아들이면서 노래를 쓴다. 온날(100일)을 맞이한 둘째한테 안길 흰떡을 받으러 가는 길을 어림하면서, 오늘은 첫째 아이를 두바퀴 뒷자리에 앉혀서 고갯길에 들길을 넘을 적에 무슨 소리와 냄새와 기운을 받아들이려나 꿈꾸면서 노래를 쓴다. 아침에 일어나 동생하고 놀다가 북을 두들기는 첫째 아이를 바라보면서 노래를 쓴다. 사랑스러운 작은 집에서 사랑스러운 작은 사람들과 살아가기에 사랑스럽고 자그맣게 노래를 쓸 수 있다.

새로 지낼 살림집을 찾으러 춘천으로 갔다가 충주 멧골집으로 돌아오는 시외버스에서 얼핏설핏 시끄러이 벅벅대는 라디오를 듣는다. 시외버스 일꾼은 웬만해서는 라디오를 틀지 않는다. 시외버스를 타는 사람은 으레 코 자게 마련이라, 잠잘 때에 귀가 따갑지 말라며 조용히 다니곤 한다. 그런데 이날 따라 시외버스 일꾼은 라디오를 틀었고, 라디오 소리는 내 귀에까지 들린다. 듣고 싶지 않은 소리를 들으면서 멀미를 참는다. 이날 내가 탄 시외버스 일꾼은 120킬로미터 가까이 될 듯한 빠르기로 찻길을 자꾸 바꾸는 바람에 속이 미식미식 부글부글 골이 띵하다. 좀 보드라이 몰 수 없는가. 좀 귀 안 아프도록 조용히 달릴 수 없는가. 어지럽고 메슥거려 창문에 머리를 기대어 해롱거리데, 문득 라디오에서 "노동운동가 …… 천만 노동자의 …… 고인 …… 전태일 ……" 하는 소리가 들린다. 머리를 창문에서 뗀다. 문득 무언가 스친다. 설마, 아니 설마가 아닌 생각 하나가 스친다. 그렇구나. 틀림없이 그렇구나. 이제 어머니 한 분이 이녁 사랑스런 아이 곁으로 가는구나. 먼저 떠난 아이가 바란 꿈을 이루려고 온몸과 온마음과 온삶을 바친 넋이 이제 마음을 고이 쉬면서 눈물로 젖는구나.

창밖을 바라본다. 멀미 기운은 가라앉지 않는다. 머리는 그저 어지럽다. 가을볕을 받으며 천천히 누렇게 익는 나락이 바람이 흩날린다. 눈물이 핑 돈다. 세 사람 이름이 나란히 떠오른다. 세 사람은 세 나라에서 숱한 이들한테서 어머니라는 이름을 들었으리라. 메어리 해리스 존스, 다나까 미찌꼬, 이소선. 《마더 존스》, 《미혼의 당신에게》, 《어머니의 길》세 가지 책은 새책집에서 조용히 사라진 지 오래이다. 고요히 잠든 씨앗은 언제쯤 싱그러이 새잎을 틔울 수 있을까.

들꽃내음 따라 걷다가
작은책집을 보았습니다

2011.10.4. 사랑으로 읽는 책

사랑을 바라기에 책 하나 손에 쥐면서 사랑을 읽고 사랑을 느끼며 사
랑을 나눈다. 사랑을 꿈꾸기에 멧새와 풀벌레 노랫소리를 들으면서
사랑을 읽고 사랑을 느끼며 사랑을 나눈다. 사랑을 일구기에 들판이
나 멧자락을 거닐면서 사랑을 읽고 사랑을 느끼며 사랑을 나눈다.

　돈을 바라기에 책 하나 손에 쥘 적에 돈벌이를 살피거나 찾는다. 돈
을 꿈꾸기에 멧새와 풀벌레 노랫소리가 가득하더라도 들판과 멧자락
에 어떤 집을 높다랗게 세워서 돈을 키울까 헤아리거나 그린다. 돈을
일굴 뿐이기에 언제 어디에서라도 돈을 읽고 돈을 느끼며 돈을 나눈
다.

　나는 나부터 책 하나를 사랑으로 읽자고 다짐한다. 나는 나부터 모
든 글을 사랑으로 써서 사랑으로 묶자고 생각한다. 사랑으로 읽는 책
이요, 사랑으로 살아내는 하루이며, 사랑으로 차리는 밥이고, 사랑으
로 마주하는 벗·살붙이·이웃이라고 느낀다. 사랑으로 쓰는 글이요, 사
랑으로 찍는 모습이며, 사랑으로 일구는 책이고, 사랑으로 주고받는
빛이라고 느낀다. 일하면서 벌거나 쓰는 돈도 사랑으로 벌어서 쓴다
면 언제나 즐거우리라 본다.

　사랑하고 사랑받는 넋이 아니라면 책을 손에 쥐어서는 안 된다고
느낀다. 사랑하고 사랑받는 삶자락을 아끼는 얼이 아니라면 책을 품
에 안아서는 안 된다고 느낀다. 오로지 사랑과 살림과 사람으로 빛나

는 삶길을 찾아나서는 책이어야 한다고 느낀다. 참 따분한 소리일는지 모르나, 나는 예나 이제나 앞으로나 늘 사랑으로 읽고 쓸 마음일 뿐이다.

들꽃내음 따라 걷다가
작은책집을 보았습니다

2012.1.25. 사람도 밥도 책도 꿈도 서울로 보내는

둘레에서는 사람이 새끼를 낳으면 서울로 보내야 한다고 말한다. 시골에서 자라는 둘레 아이들을 지켜보자니, 스스로 시골마을에서 초·중·고등학교를 마치고는 시골에서 일거리를 찾아 시골마을에서 뿌리를 내려야겠다고 생각하지 않거나 못 한다. 적잖은 시골아이는 어린배움터까지만 시골에서 다니고, 푸른배움터부터는 이웃 큰고장으로 가기 일쑤이다. 전남 고흥 시골아이들 가운데 적잖이 순천으로 가고, 광주로 가며, 때로는 경기 수원이나 아예 서울로 간다. 어느 시골아이는 어린배움터부터 일찌감치 서울로 간다. 고흥에는 열린배움터(대학교)가 없으니 더 일찍 더 빨리 시골을 벗어나 서울로 가도록 내몰아야 좋다고 여기는구나.

시골사람 거의 모두 이렇게 아이를 시골에서 떠나 서울로 가도록 가르치고 길들이고 몰아세우니, 우리 집 네 사람처럼 시골에서도 더 깊디깊이 보금자리를 트는 모습에 고개를 갸우뚱갸우뚱 알쏭달쏭하다고 여길밖에 없으리라 느낀다.

가만 보니, 시골에는 일거리가 없다고들 말한다. 그러나, 이 말은 조금도 옳지 않다. 시골에서는 꿈을 키울 수 없다고들 읊는다. 그렇지만, 이 말 또한 하나도 맞지 않다. 시골에 일거리가 없을 수 없다. 시골 일거리 때문에 시골뿐 아니라 크고작은 고장에서 살아가는 사람들이 밥을 먹는다. 시골 일거리 때문에 사람들이 밥을 먹고 옷을 입으며 집을 짓는다. 시골 일거리가 아니라면 사람들 모두 굶어죽거나 헐벗거나 추위에 떨어야 한다. 시골이 있기 때문에 사람들은 꿈을 꾸고 사랑을 나누며 생각을 주고받을 수 있다.

시골은 돈벌 구멍이 없을까? 시골은 배울 곳이 없을까? 면소재지나 읍내 아이들이 '장래희망'이라며 적은 이름을 들여다본다. 패션디자이너, 여행가이드, 물리학자, 화학자, 대학교수, 스튜어디스, …… 어느 누구도 '농부'나 '어부'를 안 적는다. '논밭일'이나 '바다일'이나 '숲일'을 적는 아이가 없다. '아이를 사랑으로 낳아서 기쁘게 돌보기'를 적는 아이도 없다.

사람도 밥도 책도 꿈도 서울로 보내는 마당에, 우리 네 사람은 인천을 떠나 충북 음성 멧골자락으로 들어갔고, 이 멧골자락에서 한 해를 지낸 뒤에 전남 시골마을로 들어왔다. 우리 집은 거꾸로 산다. 둘레에서는 다들 "서울로!"를 외치지만, 우리 집 네 사람은 "시골로!"에다가 "숲으로!"랑 "멧골로!"를 노래한다.

삶이란 무엇이고, 꿈이란 무엇이며, 사랑이란 무엇일까. 일이란, 돈이란, 사람이란, 삶터란, 집이란, 옷이란, 밥이란, 이야기란 무엇일까. 나는 일고여덟 살 무렵부터 삶터(인천)에서 둘레 어른들이 뻔질나게 "사람은 나면 서울로 보내고, 말은 나면 제주로 보낸다." 하고 읊는 말마디가 참으로 못마땅했다. 사람을 왜 서울로 보내야 하나.

열 살에 이르고 열다섯 살을 넘고 스무 살에 이르는 동안 곰곰이 생각해 보았다. 이 나라에서는 사람만 서울로 보내지 않는다고 느꼈다. 사람을 비롯해서 '좋다'고 여기는 밥이든 샘물이든, 나물이나 열매이든, 모조리 서울로 보낸다고 느꼈다. 온통 서울로 쏠린다. 무엇이든 서울로 빨려든다. 이러고 나서는, 서울에서 이 모두를 아무렇게나 휘저어 쓰레기를 만들어 내고는 이 쓰레기를 시골로 '내려보낸'다. 서울은 시골에서 받아들인 온갖 열매와 알맹이를 살짝 빨아먹고는 찌꺼기를 된통 시골로 '내다버린'다.

그래서 나는 어린 나날부터 둘레 어른들 말을 거스르기로 했다. 둘레에서 자꾸 "사람도 뭣도 다 서울로!"를 외칠 적에, 이 옆에서 나즈막하게 "사람을 서울로 보내면 쓰레기만 만드는 바보를 만드는걸?" 하고 속삭였다.

우리 집 네 사람이 시골살림을 꾸리면서 새삼스레 생각한다. 사람은 나면 시골로 보내야 아름답고 즐겁다. 아이를 낳은 어버이는 마당에 나무를 심으면서 아이들하고 오순도순 오붓하게 보금자리를 지을 노릇이라고 생각한다. 돈과 일자리와 이름값이 아닌, 나무와 풀과 꽃을 바라보고, 나비와 풀벌레와 개구리와 새를 이웃으로 삼을 때라야, 이 나라가 깨어나리라 생각한다.

서울에서 태어났어도 어릴 적부터 시골로 보내어 들숲바다를 곁에 품으며 자란다면, 이 아이는 아름어른으로 노래하는 마음을 가꾸리라 본다. 맨발로 풀밭을 달리고 맨손으로 나무를 타면서 놀던 아이가 어른으로 자라면서 손에 붓을 쥐면, 글도 그림도 사랑을 담은 아름빛으로 지을 수 있으리라 본다.

2012.4.4. 잠든 두 아이

밤 열두 시 넘도록 잠들지 않으려 하던 두 아이를 가까스로 재웠으나, 이튿날 아침 일찍 둘째가 깨고, 곧이어 첫째가 칭얼거린다. 둘째는 이래저래 까불다가 다시 잠이 쏟아진다. 둘째는 응가 마려워 잠에서 깨어 까분 듯하다. 똥기저귀를 빨고 아이 밑을 씻긴다. 아이는 신나게 이것저것 만지작거리고 기어다니고 하다가 어머니한테 달라붙는다. 조금 지켜보다가 둘째를 폭 안고 달랜다. 나도 고단해 자리에 누워야겠다고 생각한다. 그런데 나한테 안긴 둘째는 고개가 옆으로 톡 떨어진다. 응? 무릎에 누여 본다. 눈을 꼬옥 감았다. 조용히 잠든다. 조금 앞서까지 잠자리에서 칭얼거리던 첫째도 조용하다. 이 녀석들, 이른아침부터 나란히 시끌벅적하더니 이렇게 어느새 조용하네. 그러면 아버지는 이 조용하고 한갓진 아침나절을 놓칠 수 없지. 퍽 고단하지만 다시금 기운을 차려 글 몇 줄을 쓰자. 살며시 둘째를 이부자리에 눕힌다. 무릎이 시원하다. 다시 조용히 밖으로 나가 빨래를 하자. 몇 가지 집일을 살금살금 하자.

2012.4.9. **책꽂이**

좋은 나무와 나쁜 나무는 따로 없다. 다만, 나무 가운데에는 책꽂이로 짜면 더없이 어울리면서 한껏 빛나는 나무가 있다. 책꽂이로 짜면 어울리는 나무를 베어서 알맞게 칸을 지르고 세우면 오래도록 향긋하다. 잘 짠 나무 책꽂이는 열 해나 스무 해가 아닌, 백 해나 이백 해가 흘러도 튼튼하게 책을 건사한다.

좋은 책꽂이와 나쁜 책꽂이는 따로 있다. 더 비싸다고 해서 더 좋은 책꽂이가 되지는 않는다. 나무조각이나 나무부스러기를 뭉쳐서 본드로 굳힌 판대기로 만든 책꽂이는 나쁜 책꽂이라 할 만하다. '칼라박스'라 하는 책꽂이도 책꽂이라는 이름이 걸맞지 않다.

나무로 짠 자리에 앉아서 책을 읽으면 이곳에서 슬멋슬멋 피어오르는 나무내음과 종이에서 묻어나는 나무내음을 함께 느낀다. 나무걸상에 앉으면 나무걸상 내음이 온몸을 감싸고 돈다. 책을 들고서 들판으로 나와 풀숲에 앉아 나무 그늘 밑에 앉으면, 풀내음과 나무내음이 싱그러이 감돈다. 나무가 나누어 주는 목숨으로 빚은 책이란, 바로 나무가 새숨을 베푸는 곳에서 읽을 적에 가장 아름다이 받아들이며 가장 즐거이 누릴 수 있다고 깨닫는다.

나무와 흙으로 지은 집은 오래오래 간다. 나무와 흙으로 지은 집에서 살아가는 사람은 흙과 나무가 베푸는 밥살림을 누리면서 튼튼하고 즐겁게 하루를 누린다. 나무와 흙으로 지은 집을 허물어야 하면, 나무는 땔감으로 마무리하고 흙은 기름진 흙으로 돌아간다. 새 나무와 새 흙은 다시금 오래오래 잇는 보금자리가 거듭나서 사람들이 삶을 넉넉하게 누리라고 북돋운다.

목숨이 목숨을 낳는다. 목숨이 목숨을 읽는다. 목숨이 목숨을 아낀다. 목숨이 목숨으로 살아낸다.

들꽃내음 따라 걷다가
작은책집을 보았습니다

2012.6.13. 책을 왜 읽어야 할까

두 살로 넘어가는 둘째 아이는 일찍 일어난다. 매우 일찍 일어난다. 첫째 아이를 어떻게 돌보며 살았는가 더듬으면, 첫째 아이는 둘째보다 한 시간 반 즈음 더 일찍 일어났다. 첫째 아이와 살던 곳은 인천 골목집이었고, 이때에는 내가 새벽에 일어나 셈틀을 켜고 글을 쓸라치면 셈틀 불빛이 한켠을 비추어 아이가 일찍 깰밖에 없었으리라 느낀다. 둘째를 낳고 살아가는 시골집은 자그맣지만 칸을 알맞게 나누었기에, 옆칸에서 셈틀을 켜면 불빛이 조금만 샌다.

그러나 아이들이란 일찍 자고 일찍 일어난다지 않는가. 게다가, 일찍 일어나는 둘째는 아주 고맙게 새벽 여섯 시 반이든 아침 일곱 시나 일곱 시 반이든 똥을 한 판 푸지게 눈다. 이러고 나서 두 시간쯤 뒤 거듭 똥을 푸지게 눈다. 아이 둘과 살아가며 다섯 해째 아침마다 아이들 똥치우기를 하고 똥빨래를 하면서 보낸다. 내 손은 똥을 치우고 빨래하는 손이요, 이 똥내 나는 손으로 글을 쓴다.

어제 홀로 순천 헌책집으로 책마실을 다녀왔다. 두 아이를 데리고 가려 했으나 곁님이 둘 다 놓고 가라 하더라. 첫째 아이라도 데려가 책집 아이하고 놀아도 즐거우리라 생각했지만, 두 아이를 떼어놓지 말자는 말에 고개를 끄덕인다. 그래도 첫째 아이를 데려가고 싶었으나, 아침부터 밥을 안 먹고 개구지게 놀며 낮밥조차 제대로 안 먹으려 해서, 집에서 밥을 먹으라 하고 혼자 나왔다. 이리하여 나는 고흥버스나루부터 시외버스를 거쳐 책집에 닿고, 다시 시외버스를 거쳐 집으로 돌아오는 길에 아주 느긋하게 책을 읽는다. 버스나루에 서서 기다리는 동안 책 한 자락을 읽고, 시외버스로 나가는 길에 책 한 자락을 읽으며, 다시 시외버스를 타고 돌아오는 길에 책 한 자락을 읽는다. 헌책집에서는 책을 백 이백 삼백 …… 남짓 살피다가는 예순 자락 즈음 장만했다.

아이 둘을 떼어놓고 혼자 나들이를 한 적이 언제였는지 떠오르지 않는다. 아이들과 다니면, 아이들을 바라보고 챙기느라 다른 일은 하나도 할 수 없다. 아이들과 버스를 타고 돌아다닐 적에는 책을 손에 쥘 수 없다. 아이 오줌기저귀를 갈고 똥바지를 빨래한 뒤에라도 책을 손에 쥘 수 없다. 아이들 밥을 차리고 설거지를 하고 난 뒤라도 책을 손에 쥘 수 없다. 내 손은 빗자루를 들어야 하고, 걸레를 잡아야 한다. 내 손은 이불을 털고 말려야 하고, 다시 이부자리를 깔아야 한다. 내 입은 두 아이하고 조잘조잘 수다를 떨 뿐 아니라, 하루 내내 놀이노래에 자장노래를 불러야 한다. 새벽부터 밤까지 책을 손에 쥘 겨를은 터럭만큼도 없다고 할 만하다. 아이들을 물끄러미 바라보다가 찰칵찰칵 몇 자락을 겨우 찍지만, 책을 펼칠 짬이란 없다시피 하다.

문득 생각한다. 내가 그림책 읽기를 즐기지 않았다면, 아이들과 살아가며 책을 한 자락이나마 기쁘게 펼칠 수 있었을까. 첫째 아이를 불러, 또는 둘째 아이를 무릎에 앉혀, 그림책을 펼친다. 아이들한테 그림책을 읽혀 준다고 말하지만, 막상 내가 읽고 싶으니까 그림책을 장만해서 아이들한테 읽힌다. 첫째 아이는 스스로 그림책을 하나 골라서 읽기도 한다. 나는 나대로 내가 반기는 그림책을 찬찬히 넘기며 즐긴다.

그림책을 덮는다. 아이가 눈 오줌을 치운다. 빨래를 걷고 갠다. 노래를 부르고 아이들이랑 살을 부비며 논다. 사람들은 책을 왜 읽어야 할까 생각한다. 사람들은 책을 읽어서 무엇이 어떻게 좋을까 헤아려 본다. 사람들은 책을 빛살로 여기는가. 돈(재산)으로 삼는가. 자랑거리로 드러내는가. 반가운 벗으로 사귀는가. 고마운 스승으로 모시는가. 재미난 이야기로 느끼는가. 한 벌 읽고 덮으면 끝이라 생각하는가.

책을 책답게 사랑할 수 있으면, 이웃을 이웃답게 사랑할 수 있겠지. 그런데, 사람들이 먹는 쌀은 누가 지을까. "우두머리(대통령)나 벼슬아치(국회의원)를 뽑을 적에 누구한테 표를 준 흙일꾼"이 지은 쌀을 "어떤 길과 생각과 마음으로 살아가는 사람"이 사다가 먹는가. 능금 한 알을 사다 먹는 사람 가운데 이 대목을 생각하는 사람이 있을까. 숲길을 거닐며 나무 한 그루 누가 심었는지 생각하는 사람이 있을까. 마른오징어를 뜯어먹으며, 이 오징어를 손질한 사람이 어느 길(정치색)인지 낱낱이 따지는 사람이 있을까.

버스를 타고 택시를 타고 전철을 타면서, 이 탈거리를 모는 일꾼은 왼쪽인가 오른쪽인가 하고 따지는 사람이 있을까. 아기한테 젖을 물리는 어머니는 이 아이가 앞으로 왼쪽이 될지 오른쪽이 될지 가르지 않는다. 어머니젖을 먹고 자란 아이가 어른이 되어 벼슬을 하건 글을 쓰건 스스로 가야 할 길을 즐겁게 걸어갈 뿐이다. 책은 무엇이고, 책에 담는 생각은 무엇이며, 책으로 빛는 글이란 무엇인가. 사람들은 책을 왜 읽어야 하고, 책을 읽는 사람은 무엇을 얻으면서 삶을 누리는가.

두 아이가 얼크러지며 논다. 한놈이 이리 달리면 한놈이 이리 좇는
다. 한놈이 이리 뒹굴면 한놈이 이리 뒹군다. 한놈이 흙을 파헤치며 까
르르 웃으면 한놈 또한 흙을 파헤치며 깍깍 웃는다. 가장 아름다운 책
은 곁에 있다. 가장 사랑스러운 책은 가슴에 품으면서 산다.

들꽃내음 따라 걷다가
작은책집을 보았습니다

2012.11.16. **책맛**

책 한 자락을 읽더라도 책맛을 깊이 느끼면 삶맛 또한 알뜰히 느낀다. 책 한 줄을 읽더라도 책맛을 널리 느끼면 살림맛 또한 살가이 느낀다. 책 백 자락이나 책 천 자락을 읽더라도 책맛을 고루 느끼면 사랑맛 또한 곱게 느낀다.

책 한 자락을 읽기는 읽되, 책맛이 아닌 '줄거리'나 '부스러기(지식)'로 기운다면, 책맛을 조금도 느끼지 못 하고 만다. 책 한 줄을 슥 훑기는 하되, 책맛이 아닌 '부스러기(정보)'만 얼추 살피면, 정작 책맛을 하나도 못 느끼고 만다.

책은 많이 읽어도 되고 적게 읽어도 된다. 책은 날마다 읽어도 되고 날마다 안 읽어도 된다. 글은 일찍 깨쳐도 되나 글을 영 모르는 채 살아도 된다.

글을 몰라 부끄러울 사람은 없다. 책을 안 읽어 부끄러울 사람은 없다. 글이나 책을 모른대서 부끄러워야 한다면, 열린배움터를 안 다녔거나 나라밖으로 배우러 다녀오지 않은 사람도 부끄러워야 한다. 푸른배움터만 마쳤거나 어린배움터만 마친 사람도 부끄러워야 한다. 또한, 눌러앉기(정규직) 아닌 드난일(비정규직)일 적에도 부끄러워야 하고, 다리를 절거나 따돌림받는 사람이라 할 적에도 부끄러워야 하겠지.

사람은 책을 읽기 앞서 사람이어야 한다. 스스로 사람이지 않고서 책을 먼저 손에 쥔다면 꿈을 아름다이 누리지 못 한다. 언제나 가장 먼저 스스로 사람인 줄 느껴야 한다. 사람다운 마음부터 추스른 뒤에라야 비로소 책을 읽거나 사랑을 나누거나 꿈을 그릴 수 있다. 사람다운 마음을 미처 차리지 않았다면 책을 만 자락 읽더라도 사랑이나 꿈이나 웃음을 못 누리고 못 펴고, 함께하지 못 한다.

책맛을 느끼고 싶다면 스스로 삶을 누려야 한다. 삶을 즐겁게 누리고, 살림을 곱게 누리며, 사랑을 살가이 누릴 때에, 시나브로 우리 넋이 싱그러이 피어난다. 우리 넋이 싱그러이 피어날 때에, 천천히 책 한 자락을 읽을 수 있고, 천천히 책 한 자락을 새기면서 이 길을 곰곰이 되짚는다.

책을 읽고 싶으면 읽되, 맨 먼저 사람이 될 노릇이다. 종이책을 손에 쥐고프면 손에 쥐되, 밭에 고구마싹을 묻어 고구마를 키운 다음에 즐겁게 고구마를 캐 볼 노릇이다. 씨감자를 칼로 썰어 재를 묻힌 다음에 텃밭에 심어 보자. 씨감자가 맺는 알을 즐겁게 거두어 보자. 콩 한 톨을 심어서 몇 알을 거둘 수 있는지 살펴보자. 볍씨 몇 알을 건사해서 집에서 벼를 심어 보자. 아름다이 하루하루 누리고, 우리 나름대로 사랑스러운 넋을 누리면서, 앞으로 펼 꿈을 밝게 누리자.

2013.1.17. **누리책집 아닌 데에서**

누리책집(인터넷책방) 아닌 데에서 만화책 몇 가지를 사려고 했는데 없다. 《유리가면 49》하고 《피아노의 숲 22》하고 《서점 숲의 아카리 11》, 적어도 이렇게 세 가지를 사고 싶은데, 누리책집에는 뜨지만, 마을책집에서는 찾아볼 수 없다. 어느 모로 보면 어쩔 수 없으리라. ㄱ문고나 ㅇ문고처럼 커다란 곳이 아니라 한다면, 또 만화책만 다루는 책집이 아니고서야, 이런 만화책 저런 만화책을 들여놓기 힘들 수 있다. 시골에서 살아가니까 가까운 책집이 없어서 누리책집으로 살밖에 없는데, 모처럼 서울로 마실을 나온 김에 마을책집을 죽 둘러보는데 안 보이는 아쉬운 만화책. 그래도, 마을책집 일꾼 모두 힘을 내어 알뜰살뜰 아름다운 책으로 곱게 책빛을 뿌려 주기를 빈다.

곰곰이 따지면, 책읽기란 "남이 차려 놓은 이야기 읽기"이다. 스스로 찾아서 챙겨 살피는 이야기가 아닌, "남이 힘껏 찾아서 챙겨 살핀 이야기를 읽는" 일이 책읽기이다.

예부터 고이 이어온 말을 돌아본다. 무엇이든 배우려면 스스로 배우지, 남한테서 배울 수 없다고 했다. 스승이 있대서 배우지 않는다. 책이 있대서 배우지 않는다. 언제나 내 맨주먹과 맨몸으로 부대끼면서 배운다. 모든 삶은 스스로 부딪히면서 깨닫고 배우지, 누가 일깨우거나 가르치지 못 한다. 곧, 누가 일깨우거나 가르친다 하더라도, 스스로 알아차리거나 받아들이지 못할 적에는 하나도 못 배운다.

책을 아무리 많이 읽는다 하더라도, "셈(권수)으로 치면 많이 읽지"만, 마음이 넓거나 트이거나 열리지 않으면, 아무런 줄거리나 고갱이를 못 받아들인다. 다시 말하자면, 마음을 넓히거나 틔우거나 열어 놓는다면, 책을 딱 한 자락 읽더라도 책을 백만 자락 읽는 사람보다 깊고 넓으며 환하게 깨우친다. 스스로 마음을 넓히거나 트거나 열면, 종이책을 한 자락조차 안 읽더라도 삶을 깨닫고 사랑을 나눌 수 있다.

책읽기를 하자면 책쓰기를 함께 할 노릇이라고 느낀다. 남이 차린 밥을 받아서 먹듯, 나도 밥을 차려 남한테 베풀 노릇이라고 느낀다. 스스로 책쓰기를 하다 보면, 남이 차린 밥이 얼마나 고마운가를 느낄 뿐 아니라, 밥을 차려서 베풀기까지 어떤 삶을 치르거나 겪거나 복닥였는가를 살갗으로 헤아릴 수 있다. 이러는 동안, 서로서로 이야기꽃을 피울 수 있지. 나는 내가 겪은 삶을 이웃한테 들려주고, 이웃은 이웃이 겪은 삶을 나한테 들려준다. 서로 주고받는 말이 어느새 이어서 '이야기'로 다시 태어난다. 함께 나누는 삶이 된다.

책은 누구나 쓴다. 왜냐하면, 누구나 이녁 깜냥껏 삶을 누리거나 즐기거나 빚기 때문이다. 책은 누구나 읽는다. 왜냐하면, 누구나 이녁 슬기를 빛내어 하루하루 누리고 즐기며 빚으니까. 삶을 다루는 책인 만큼, 내 삶을 들여 읽고 내 삶을 바쳐서 쓴다.

2013.5.30. 책을 읽는다는 이야기

사람들은 '책을 읽는다'가 무엇을 뜻하는지 제대로 모르곤 한다. 왜냐하면, 어느 책 하나를 장만하거나 빌려서 '처음부터 끝까지 훑는다'고 해서 '책을 읽는다'를 이루지 않기 때문이다.

어떤 책이든 그 책 하나만 읽으려 해서는 제대로 못 읽는다. 어떤 책이든 그 책 하나를 '읽으려'고 한다면, '그 책 하나 쓴 사람'이 걸어온 삶을 먼저 읽어야 한다. 그래서 책날개에 적힌 글쓴이 발자취를 찬찬히 읽으면서 깊고 넓게 헤아리며 비로소 책읽기를 한다. 책에 깃든 줄거리를 훑을 적에도 '책에 적힌 글만 훑을 적에는 '책을 읽는다'고 말할 수 없다. 책에 적힌 글이 태어나기까지 여러모로 스미고 깃든 "숱한 스승과 길동무 이야기"를 글줄에서 읽어내야 한다.

리영희 님만 "글 한 줄 쓰려고 책 너덧 자락 읽지" 않는다. 글을 쓰는 모든 사람은 "글 한 줄 쓰려고 책 여러 자락 읽는"다. 다만, 어떤 사람은 아름다운 책을 여러 자락 읽어서 글 한 줄을 아름답게 쓰고, 어떤 사람은 슬픈 책을 여러 자락 읽어서 글 한 줄을 슬프게 쓰며, 어떤 사람은 시커먼 꿍꿍이 같은 책을 여러 자락 읽어서 글 한 줄에 시커먼 꿍꿍이를 담아서 쓴다.

모든 사람 모든 글에는 '숱한 다른 책'이 살포시 감돈다. 글 한 줄에 숨은 다른 책이라고도 할 수 있다. 곧, 어느 책 하나를 둘러싼 숱한 사람과 이야기와 삶과 사랑을 고루 살펴야 비로소 책 하나를 읽을 수 있다. 숱한 이야기를 찬찬히 느끼지 않거나 안 헤아리거나 못 살핀다면, 책 하나를 읽었다고 말할 수 없다.

책읽기는 아주 쉬우면서 아주 안 쉽다. 책읽기가 아주 쉬운 까닭은, 나를 둘러싼 이웃이 이제까지 지은 아름다운 삶을 만나는 즐거운 이야기잔치이기 때문이다. 책읽기가 아주 안 쉬운 까닭, 사랑하는 마음을 기울이지 않고서 줄거리만 겉훑으려고 할 적에는 조금도 아무것도 어느 대목조차도 '읽지' 못 하기 때문이다.

책을 즐기는 분이라면 '베스트셀러'가 아닌 '책'을 말할 수 있도록 마음을 기울여야지 싶다. 스스로 먼저 '책'을 읽고, 둘레와 이웃과 동무한테 '책'을 읽도록 북돋울 일이다. 자꾸 '책' 아닌 '베스트셀러'만 다루거나 말한다면, '책'이 아닌 '베스트셀러'만 읽히거나 팔리면서 우리 삶이 한쪽으로 치우쳐 버리겠지.

어느 모로 보면, 베스트셀러를 제대로 비평하거나 비판해야 한다고도 하지만, 굳이 비평이나 비판을 안 해도 된다. 우리가 즐겁게 읽을 '책'을 즐겁게 읽고서 즐겁게 말하면 된다. 즐겁게 읽은 '책'을 이야기하는 일이 바로 '베스트셀러 비평'이나 '베스트셀러 비판'이다. 다시 말하자면, ㅈㅈㄷ 같은 신문을 굳이 읽고서 비평이나 비판해야 하지 않다. 우리 둘레 아름다운 이웃과 동무가 누리는 아름다운 삶을 눈여겨보고 귀담아들으면서, 이 아름다운 삶을 즐겁게 글로도 쓰고 말로도 나누면 된다. 이렇게 아름다운 삶을 글로 쓰고 말로 하는 일이 참다운 '비평이나 비판'이다.

우리 삶을 스스로 읽고 누리듯, 그저 '책'을 찾아서 읽을 적에 아름답구나 싶다. 우리 삶을 사랑하고 나누듯 그냥 '책'을 사랑하고 나눌 적에 그야말로 사랑스럽다고 본다. 아름다움을 찾을 때에 아름답고, 사랑스럽게 살아갈 때에 사랑스럽지.

오늘날 사람들은 아직 '책'을 읽을 줄 모른다고 느낀다. 베스트셀러를 읽거나 스테디셀러를 읽고 만다. 때로는 추천도서나 명작도서나 권장도서를 읽고 만다. 우리는 이런저런 군더더기 곁이름이 붙은 읽을거리가 아니라, 오롯이 '책'을 읽어야 한다고 생각한다.

다른 사람 목소리에 휘둘리지 말자. 스스로 내 목소리를 헤아리자. 우리 삶을 바라보고, 우리 사랑을 마주하며, 나를 스스로 살포시 안는다. 삶을 읽듯이 책을 읽는다.

2013.9.28. **책값**

값을 들여서 읽을 만하지 않은 책은, 어쩌면 처음부터 안 읽어도 되는 책일 수 있다. 값을 톡톡히 들여서 장만하는 책은, 틀림없이 스스로한 테 이바지하는 아름다운 책일 수 있다. 어떤 책이든 값을 옳게 치르고 장만할 적에는 즐겁게 읽을 수 있으리라 느낀다. 새책으로 장만하거나 헌책으로 마련하거나, 제값을 고스란히 치르려고 마음을 먹을 적에, 책빛이 우리 삶에 아름답게 드리운다고 느낀다.

책값을 좀 비싸게 매겼구나 싶은 책을 으레 만나곤 하는데, 좀 비싸다 싶은 책값에도 모두 까닭이 있을 테지. 새책값으로 비싸다면 이 책이 헌책집에 들어올 날을 기다린다. 헌책값으로도 비싸다면, 이 책을 조금 더 싸게 팔 헌책집에 이 책이 들어올 날을 기다린다.

그런데, 기다리고 기다린다 해서 이 책이 '더 값싸게' 나한테 찾아오지는 않는다. 책값이 싸다고 해서 책을 잔뜩 장만할 수 없다. 책을 읽을 만한 마음그릇이 될 적에 책을 장만해서 읽을 수 있다. 돈이 많아서 책을 만 자락이나 십만 자락이나 백만 자락을 한꺼번에 장만한들, 이 책을 다 읽어치우지도 못 할 테지만, 애써 다 훑어내더라도 가슴에 남을 이야기가 없으리라 본다.

읽고 싶은 이야기가 있으면 책값을 즐겁게 치르면서 기쁘게 가슴으로 품고 읽으면 아름답다. 마음을 살찌우는 책이다. 마음을 살찌우고 싶어 책을 읽는다. 값이 싸니까 장만해서 읽는 책이 아니다. 마음을 덥히고, 마음을 보듬으며, 마음을 아끼고 싶기에, 아름다운 마음밥이 되는 책을 흐뭇하게 장만해서 읽는다. 책값으로 쓴 돈은 머잖아 씩씩하게 새로 벌 수 있다. 책값이 아쉬워 주머니를 닫으면, 앞으로도 새 돈을 벌지 못 한다.

2013.10.26. 책빛

책집마실을 하면서 조용히 책읽기에 사로잡히면, 책에 깃든 빛을 누릴 수 있다. 책집마실을 하지 않더라도, 누구한테서 받은 책이거나 빌린 책을 가슴으로 따사로이 보듬으면서 천천히 펼쳐 빠져들면, 책에 서린 빛을 느낄 수 있다.

책빛은 서울 한복판 전철길이나 버스길에서도 누린다. 책빛에 사로잡히면 제아무리 시끄러운 소리도 어수선한 모습도 내 눈과 귀 둘레에서 사라진다. 책빛은 시골이며 숲이며 바다에서도 느낀다. 책빛에 둘러싸이면 바람과 냇물과 새소리가 온통 맑게 내 몸으로 스며든다.

책빛이란 삶빛이다. 삶을 아름답게 누리는 빛이 삶빛인데, 책빛이란 책을 아름답게 누리는 빛이다. 삶을 아름답게 누리고 싶어 아름다운 책 하나 만나서 찬찬히 읽듯, 삶을 아름답게 밝히고 싶어 아름다운 책 하나 읽으면서 생각과 마음을 북돋운다.

가까운 마을책집으로 간다. 조그마한 책꽂이 앞에 조용히 쪼그려앉는다. 나를 부르는 빛소리가 어디에 있는지 천천히 본다. 책을 하나하나 손으로 만지면서, 숲에서 찾아온 푸른 숨결이 우리 가슴을 톡톡 건드리는 이야기를 읽는다. 삶은 살림으로 잇고, 살림은 사랑으로 가니, 이 사랑을 느낄 적에 나는 비로소 사람으로 서며 마음에 생각을 씨앗으로 묻는다.

2013.12.3. 읽지 않은 책 말하기

읽지 않은 책을 말하는 사람이 무척 많다. 글빛(비평·평론)을 하는 사람이라면 너무 바쁜 나머지 미처 읽지 않은 책이라 하더라도 말해야 할수 있겠지. 그런데, 왜 읽지 않은 책을 말하려 할까. 읽은 책만 말하더라도 책이야기를 미처 못 풀어놓을 만큼 잔뜩 넘친다고 해야 옳지 않을까. 백 자락을 읽더라도 백 자락을 다 말할 틈이 있을까. 천 자락이나 만 자락을 읽었으면 천 자락이나 만 자락 책이야기를 다 말하거나펼 자리가 있는가.

첫 쪽부터 끝 쪽까지 눈으로 다 훑는다고 해서 "책을 다 읽었다"고말할 수 없다고 느낀다. 첫 쪽부터 끝 쪽까지 다 훑는 일이란 '책훑기'이다. 이때에는 아무래도 '책읽기'가 아니다. 책훑기란, 책을 살피는 여러 모습 가운데 하나일 뿐이다. 곧, 책훑기를 한대서 책읽기를 누리지않기 때문에, 책훑기를 마친 뒤라면 아직 책을 말할 수 있지 않다. 다시 말하자면, 책읽기를 해야 책을 말할 만하다. 책 하나를 빚은 사람들넋과 꿈과 사랑을 찬찬히 '읽은' 뒤에, 비로소 어느 책 하나를 두고서나 스스로 '읽은' 삶과 꿈과 사랑을 '말할' 수 있다.

사람들은 저마다 이녁 삶결대로 책을 읽는다. 책을 잘 읽거나 못 읽었다고 가를 수 없다. 저마다 이녁 눈길대로 책을 읽을 뿐이다. 그런데, 이 말도 그리 올바르지 않은 듯하다. 사람들은 저마다 이녁 삶결대로 책을 '훑는다'고 해야 옳지 않을까. 사람들은 저마다 이녁 눈길대로 책을 '훑는다'고 해야 맞지 않을까. 그저 훑기 때문에 책을 말하지 못하고, 그저 훑는 몸짓으로는 책을 제대로 밝히거나 나누거나 이야기하기 어려운 셈 아닐까.

이곳저곳에서 '책모임'을 하지만, 책모임을 슬기롭고 아름답게 하는 곳은 드물다고 느낀다. 왜냐하면, 책모임은 책을 '읽고' 나서 즐거움과 사랑과 꿈을 나누는 모임이 되어야 할 텐데, 하나같이 책을 '훑는' 데에 매달리기 때문이다. 왜 책을 첫 쪽부터 끝 쪽까지 훑으려 하는가. 책을 '읽으'면서 이녁 마음을 사로잡거나 파고들거나 북돋우거나 살찌우거나 건드리거나 깨우치거나 이끄는 이야기를 받아들여야 하지 않겠는가.

살가운 이웃이 아름답게 살아가는 이야기를 함께 느끼고 싶어 '읽는' 책이다. 사랑스러운 동무가 즐겁게 살림하는 이야기를 같이 살피고 싶어 '읽는' 책이다. 우리들은 "읽은 책 말하기"를 할 때에 아름다우리라 본다. 우리들은 "읽은 책 말하기"를 꽃피울 때에 즐거우리라 본다. 우리들은 "읽은 책 말하기"를 나누는 책모임을 꾸릴 적에 사랑스러우리라 본다.

2014.4.30. **책을 고를 적에는**

책을 고를 적에는 먼저 눈길이 닿아 마음으로 들어오는 책을 집어든다. 이윽고 손길을 닿은 책 가운데 마음으로 이야기 한 자락을 들려주는 책을 펼친다. 마음길이 닿은 책을 가만히 쓰다듬으면서 이 책을 앞으로 얼마나 오랫동안 건사하며 즐기다가 아이한테 물려줄 만한지 생각한다. 먼저 눈에 뜨여야 하고, 다음으로 손이 닿아야 하며, 어느새 마음으로 들어와서, 마침내 우리 아이한테 곱게 이을 수 있구나 싶으면 기쁘게 주머니를 연다.

2014.7.17. 책집 단골 되기

'책집 단골'은 아무나 될 수 없다고 한다. 책집을 자주 드나드는 사람은 '자주 오는 손님'은 될 수 있으나 '책집 단골'이라는 이름을 얻지는 못한다. '단골'은 어떤 책손한테 붙이는 이름일까? 글쎄, 나는 어느 책집을 두고도 나 스스로 '단골'이라고 느끼지는 않는다. 왜냐하면, 큰고장을 떠나 시골에서 살아가니, 시골에서는 달포에 한 걸음씩 책집마실을 하기에도 만만하지 않다. 자주 드나들지 못하는 책집이기에 한 걸음을 하더라도 잔뜩 장만하기는 하지만, 단골은 '책을 많이 사들이는 사람'을 뜻하지 않는다.

얼추 열다섯 해쯤 앞서인 1999년이었지 싶은데, '책집 단골'을 놓고 '책집에 자주 오는 아저씨'들이 주고받는 말을 들은 적이 있다. 서울 용산에 있는 헌책집 〈뿌리서점〉이었다. 그곳을 날마다 드나드는 아저씨가 꽤 많은데, 그분들이 서로 옥신각신 얘기를 하다가, 마지막에 이르러 서로 생각을 모두었다. 그분들이 말하는 '책집 단골'은 이렇다.

　ㄱ 서른 해 넘도록 드나들기
　ㄴ 오천 자락 넘게 장만하기

어느 한 군데 책집에서 '단골'이라는 이름을 얻자면, 그 책집을 서른 해 넘게 드나들되, 그동안 책을 오천 자락 넘게 장만해야 한단다. 이

말을 듣고서 고개를 끄덕였다. 어느 한 군데 책집을 스무 해쯤 드나들었으면 아직 '단골'은 아니다. 스무 해 즈음 드나들었을 때에는 제법 자주 드나들었다고 할 만하지만, 아직 그 책집 속내까지 헤아리지는 못할 만한 해라고 하겠지. 자주 드나든다고 하더라도 책을 어느 만큼 장만해서 읽지 않는다면, 그 책집이 어떤 책을 다루고 어떤 책으로 오래도록 책집살림을 꾸리는가를 알지 못한다고 할 만하다.

나한테는 아직 '단골이라 할 만한 책집'이 없다. 왜냐하면, 아직 서른 해 넘게 드나든 책집이 없기 때문이다. 가장 오래 드나든 책집은 1992년부터 2014년 올해까지 스물세 해를 드나든 곳이다. 이다음으로는 스물두 해를 드나든 곳이 있고, 스물한 해째 드나든 곳이 꽤 많다. 앞으로 일곱 해는 더 있어야 나한테도 '단골 책집'이 생긴다. 나는 마흔일곱 살이 되어야 비로소 '단골 책집'을 이야기할 수 있구나.

2014.10.15. 자동차를 타면 책이 없다

고속도로가 비록 숲 사이나 멧기슭을 따라 다니더라도, 자동차를 모는 사람들은 아스팔트 바닥과 쇠붙이 알림판과 다른 자동차 꽁지만 눈이 벌개지도록 쳐다볼 뿐이다. 자동차를 타면 책이 없다. 손으로 종이책을 펼치지도 못하고, 누리책을 넘기거나 살피지도 못한다. 그렇다고 소리로 책을 들을 수도 없다. 고속도로에서 자동차를 몰며 다른 데에 눈길을 두면 자칫 크게 다칠 수 있다.

고속도로를 싱싱 달리면서 숲길에서 숲책을 읽는다든지, 가을숲책을 읽는다든지, 봄숲책을 읽는다든지 하지 못한다. 멧기슭을 따라 달린다 하더라도 이 멧기슭을 따라 풀책이나 꽃책이나 하늘책이나 구름책이나 햇살책이나 무지개책처럼, 이런저런 어떠한 책도 읽지 못할 뿐 아니라, 풀벌레 노랫소리와 멧새 노래잔치가 어우러지는 이야기책을 읽지 못한다.

자동차를 멈추고, 자동차에서 내려, 두 다리로 땅을 밟아야 비로소 책이 있다. 두 다리로 땅을 밟으며 들바람을 마실 적에 드디어 손에 '나무한테서 태어난 책'을 쥐니, 이때부터 아름꿈을 가슴에 담는다.

2014.12.31. **책읽기와 삶짓기**

저녁에도 잠들지 않으려 하면서 책을 더 읽겠다고 하는 아이를 가만히 바라본다. 한 자락쯤 더 읽어도 된다고 말하지만, 으레 그만 덮고 이튿날 더 읽기로 하자고 말한다. 왜냐하면, 밤이란 '책읽기'와 견줄 수 없이 뜻깊은 '꿈꾸기'를 하면서 오늘 하루를 마감하고 새 하루를 기다리는 때이기 때문이다.

하루를 마감하는 자리에서는 몸을 가만히 쉬면서 마음이 새로 깨어나도록 북돋운다. 하루를 여는 자리에서는 지난밤에 하나하나 그린 꿈을 되새기면서 즐겁게 기지개를 켠다. 책을 읽는 까닭은 삶을 더욱 슬기롭게 아로새기면서 내 이웃과 동무를 헤아리고 싶기 때문이다. 부스러기(지식·정보)를 더 쌓으려고 읽는 책이 아니라, 이 삶을 아름답게 가꾸는 길에 동무로 삼을 이야기를 살펴서, 스스로 마음으로 옳고 바르며 아름답고 사랑스러운 슬기를 길어올리도록 이끌려고 읽는 책이다.

아이도 어른도 언제나 삶짓기를 할 때에 즐겁다. 책읽기가 즐겁지 않다. 삶짓기가 즐겁다. 삶짓기로 이끌거나 삶짓기를 북돋울 때에만 비로소 책읽기가 즐겁다.

2015.1.27. **독서상**

둘레(사회)를 보면, '많이 팔린 책'이 마치 '사랑 받은 책'이라도 되는 듯 잘못 다루곤 한다. 참으로 알쏭달쏭한 노릇이다. 많이 팔린 책은 그저 '많이 팔린 책'이다. 사랑 받은 책은 '사랑 받은 책'이다. 사람들이 많이 사서 읽었대서 이런 책을 '사랑 받은 책'이라고 한다면, 이를테면 ㅈㅈㄷ 같은 신문을 놓고 '사랑 받는 신문'이라고 해야 하지 않을까? 우두머리 뽑기(대통령 선거)에서 표를 더 많이 얻은 쪽이 '사랑 받는 대통령'이라고 해야 하지 않을까?

우리나라에서는 '소주'를 '서민이 마시는 술'이라거나 '사랑 받는 술'인 듯 다루지만, 소주보다 맥주가 더 싸다든지, 양주나 포도술이 소주보다 더 싸다면 어떻게 여길까? 맥주가 소주보다 쌀 적에도 사람들은 맥주 아닌 소주를 마실까? 양주가 소주보다 값이 쌀 적에도 소주가 '서민이 마시는 술'이 될까? 다시 말하자면 '서민'이라는 사람을 마치 '값싼 것만 사다 먹는 사람'처럼 엉터리로 바라보는 셈이다.

학교와 도서관뿐 아니라, 여러 책마을에서 '독서상'처럼 무슨무슨 '책과 얽힌 상'을 곧잘 준다. 상을 줄 만하니 줄 수 있을 텐데, 이런 상은 왜 줄까? 이런 상은 어떻게 줄까? 무슨 잣대를 내세워서 누구한테 줄 수 있는가?

내가 느끼기로는 '독서상'뿐 아니라 '문학상'조차 말이 안 된다. 어떻게 글을 놓고서 줄을 세우는가? 1등 하나한테만 문학상을 줄 수 없다.

아름다운 글 모두한테 고르게 문학상을 줄 노릇이다. 글을 1등과 2등과 3등으로 갈라서 '감동'을 나눌 수 있는가? 터무니없다.

문학상 따위가 사라지지 않는다면, 독서상도 사라질 수 없다. 왜냐하면, 다 다른 사람들이 이루는 삶을 이야기로 담는 문학인 터라, 높고 낮음이 없어야 할 텐데, 문학을 놓고서 '높고 낮음'으로 줄을 세우니, 아이들이 학교나 도서관에서 '책을 몇 권 읽었나'를 놓고서 '독서상' 따위로 엉터리짓을 하고야 만다.

2015.6.28. 놀이터라는 곳

놀이터가 있기에 놀 수 있지 않다. 어디에서든 놀면서 놀이터에서도 논다. 놀이터에서는 어떤 놀이를 해도 다 재미있다. 꼭 이런 놀이만 해야 하지 않는다. 그리고 놀이터에서는 옷을 얼마나 더럽히든 대수롭지 않다. 마음껏 뛰놀면서 땀투성이랑 흙투성이가 되어도 즐거우니까 놀이터에서 뒹군다. 놀고 놀고 자꾸 논다. 놀고 놀며 신나게 논다. 두 바퀴를 타고 면소재지에 있는 어린배움터 놀이터에 와서, 참말 두 아이가 해 넘어가는 줄 모르고 논다. 저녁햇살이 새삼스레 눈부시다.

들꽃내음 따라 걷다가
작은책집을 보았습니다

2015.8.29. **나한테 자가용이 없으니**

나한테 자가용이 없으니, 자가용을 몰면 두 시간 반이면 넉넉히 닿을 만한 '고흥–삼천포' 사이를 시외버스로 다섯 시간 남짓 걸려서 간다. 나한테 자가용이 없으니, 다섯 시간 남짓 이리저리 돌고 기다리기도 하면서 시외버스를 타고 고흥에서 사천으로 가는 동안 책 석 자락을 읽는다. 그리고, 나한테 자가용이 없어서 시외버스를 타니, 책을 읽고서 단잠에 빠지기도 하고, 시외버스에서 노래를 쓰기도 하며, 도시락을 천천히 먹거나, 마음으로 꿈을 가만히 그리기도 한다. 무엇이 낫고 무엇이 나쁜가? 아무것도 낫지 않고, 아무것도 나쁘지 않다. 나는 그저 내가 겪어서 새롭게 알고 싶은 이야기가 있기 때문에, 여태 자가용이 없이 두 다리에 내 삶을 기대어 하루하루 아로새기는 나날이 되는구나 싶다.

2015.9.6. 나는 책을 못 읽어도

크게 다친 다리가 찬찬히 아문다. 고름이 터져 고름물이 줄줄 흐르지만 이제 나아가는구나 싶어 숨을 고르면서 조금씩 너그럽다. 처음 다리를 크게 다쳐서 걷지도 눕지도 못 하며 쩔쩔매거나 넋잃고 끙끙거릴 적에는 '다 나아서 아이들하고 노는 모습'만 마음으로 그렸는데, 이동안 아이들은 저희끼리 잘 놀았고, 저희끼리 책도 잘 보았다.

아픔이 가셔도 책을 집기는 어렵다. 큰숨을 몰아쉬면서 몸이 어떠한가를 살핀다. 게다가 아픔이 가신 뒤에는 아이들한테 밥을 차려 주어야 한다. 아니, 아파서 헤맬 적에도 용케 밥을 차려서 아이들을 먹였다. 나는 못 먹어도 아이들은 먹어야 하니까.

밥을 차려서 아이들끼리 먹으라 이르고는 자리에 눕는다. 며칠 앞서까지 함께 마실을 다니던 일을 곱씹는다. 아이들은 으레 "가방 무거워." 한 마디로 가방을 모두 아버지한테 맡긴다. 나는 아이들 짐이랑 장난감까지 짊어지면서 싱글빙글 땀을 흘린다. 홀가분한 아이들은 마음껏 웃고 달리고 논다. 책순이는 길을 걸으면서 책을 읽기도 한다. 그래, 너희 아버지는 책도 못 읽고 놀지 못하더라도 다 즐겁고 웃음이 나지. 너희 모습을 보기만 해도 흐뭇하단다. 너희가 놀거나 책을 읽는 모습을 지켜보기만 해도, 새로운 책을 느낀단다. "책을 읽는 너희를 보는 하루"라는 이름인 책을 읽는다.

2016.5.19. 근로장려금과 빈곤층과 최영미

최영미 시인이 올해에 근로장려금을 처음으로 받는다면서, 이 얘기를 이녁 누리집에 올렸다고 한다. 쉰다섯 살 나이에 처음으로 받는 근로장려금이라 조금 놀라졌지 싶다. 최영미 시인은 누리집에 "빈곤층에게 주는 생활보조금 신청 대상"이라는 말을 적으시더라.

최영미 시인은 '아는 교수'들한테 시간강의를 달라고 '애원'했다고 한다. 이때에 '아는 교수'들은 최영미 시인한테 '학위'를 물었다지. '국문과 석사학위'가 없이는 '대학교 시간강의'조차 할 수 없다고 한다더라.

이런 이야기를 어깨너머로 들으면서 생각해 본다. 나는 꽤 오랫동안 해마다 근로장려금을 받으면서 지낸다. 올해에도 근로장려금을 받을 텐데, 나는 나를 '빈곤층'이라고 여긴다거나 '가난하다'고 느낀 적은 없다. 아직 우리 살림살이에서 '돈'이 많지 않다뿐이다. 돈은 많지 않아도 밭을 일구고, 아이들하고 자전거를 타며, 시골마을에서 책마루숲(서재도서관)을 꾸리면서 하루하루 재미를 누린다.

나는 고등학교만 마친 가방끈인 터라, '학위'는커녕 '졸업장'도 딱히 내세울 것이 없다. 그래도 나를 불러서 한두 시간쯤 이야기(강의)를 들려줄 수 있느냐고 묻는 전화가 가끔 온다. 고마운 일이다.

최영미 시인은 시집을 수십만 자락 팔았다고 하는데 목돈이나 살림돈은 얼마 안 남으신 듯하다. 어느 모로 보면 '돈이라고 하는 값'은 덧없거나 부질없을는지 모른다. 최영미 시인 같은 사람조차 근로장려금을 받는다고 한다면, 그리 이름이 나지 않은 숱한 사람들은 근로장려금을 일찌감치 받았을 테고, 기초생활수급자로서 다른 살림돈을 받기도 할 테지. 최영미 시인은 적어도 '기초생활수급자'이지는 않잖은가?

글을 쓰는 사람이 돈 걱정을 안 하고 글을 쓸 수 있다면, 무척 아름다운 나라일 텐데 하고 느낀다. 그런데 글 쓰는 사람뿐 아니라, 시골에서 흙을 만지는 사람도 돈 근심을 안 하고서 흙을 만질 수 있어야지 싶다.

모든 사람이 아늑하고 사랑스럽게 꿈을 키울 수 있기를 빈다. 군대나 전쟁무기는 차츰 사라질 수 있기를 빈다. 전쟁무기에 나랏돈을 들이지 말고, 사람들 살림살이를 보살피는 데에 나랏돈을 들일 수 있기를 빈다.

들꽃내음 따라 걷다가
작은책집을 보았습니다

2016.7.20. 냇물맛을 읽는다

아이들한테 가만히 속삭인다. "얘들아, 오늘은 어떤 날씨가 될까? 너희는 오늘 어떤 날씨이기를 바라니?" 아이들이 잘 모르겠다고 하면 다시 속삭인다. "자, 우리 하늘을 볼까? 자, 우리 바람맛을 느껴 볼까?" 아침 낮 저녁으로 바람맛을 보고 햇볕맛을 보면, 날씨가 어떻게 흐르는가를 몸으로 깨달을 수 있다. 어렵지 않다. 그저 몸으로 누구나 알아차릴 만하다. 이러한 날씨는 마당에 설 때뿐 아니라, 마루나 부엌이나 어디에서나 느낀다. 모든 바람은 온누리를 골골샅샅 흐르기에, 우리 마을이랑 집을 둘러싼 날씨는 내가 늘 마시는 바람결로 헤아릴 수 있다.

시골집에서 살며 마시는 물은 냇물이거나 골짝물이다. 뒷숲에서 흘러내리는 물이나 숲물이라고 할 수도 있다. 땅밑으로 흐르는 물이니 땅밑물이기도 하다. 여름에도 겨울에도 늘 흐르는 이 물을 마시면서 새삼스레 아이들한테 묻는다. "우리 어여쁜 아이들아, 이 냇물맛은 어떠하니? 시원하니? 맑니? 다니? 차갑니? 상큼하니?"

우리 집 아이들이 삶을 읽고 살림을 읽으며 사랑을 읽는 따사롭고 너그러운 숨결로 자라기를 비는 마음이다. 이러면서 나도 삶이랑 살림이랑 사랑을 읽는 슬기로운 어른으로 아이들 곁에서 무럭무럭 크자고 꿈꾼다. 밥맛뿐 아니라 풀맛이랑 흙맛을 읽고, 바람맛이랑 비맛을 읽을 수 있는 어른으로 살자고 생각한다.

2016.10.6. 왜 같은 책을 두 권 세 권 사지?

《손, 손, 내 손은》이라는 이름으로 나온 그림책이 있다. 영어로는 《Here are my hands》라는 이름으로 나왔다. 나는 이 그림책이 참으로 아름답다고 여겨서 장만했고, 우리 집 큰아이는 네 살 적부터 아버지하고 함께 이 그림책을 보았다. 나는 이 그림책을 보다가 눈시울이 붉곤 한다. 그림과 이야기에서 사랑을 느끼기 때문이다. 어쩜 이리도 빛나는 그림책이 다 있담?

　큰아이가 여러 해 본 그림책은 아주 낡고 찢어지기까지 했기에 새로 장만했다. 영어로 나온 그림책을 헌책집에서 만난 날에는 얼른 또 장만했다. 같은 책을 석 자락 갖춘 셈이다. 하나는 아주 낡고 닳은 책. 다른 하나는 깨끗한 책. 새로 하나는 영어로 나온 책. 앞으로 우리 집 그림책 석 자락이 또 낡고 닳으면 한 자락을 더 장만할 수 있으리라 생각한다. 이웃님한테 건네려고 가끔 다시 장만하기도 한다.

2016.12.10. **어떤 책 아무 책**

어떤 책이든 읽으면 된다. 다만 아무 책이나 읽으면 안 된다. 어떤 글
이든 쓰면 된다. 다만 아무 글이나 쓰면 안 되지. 어떤 말이든 하면 된
다. 그러나 아무 말이나 하면 안 된다. 어떤 밥이나 먹어도 된다. 그렇
지만 아무 밥이나 먹을 수 없다. 어떤 곳에서든 즐겁게 잘 수 있다. 그
런데 말이지, 아무 데에서나 잘 수 없다. 어떤 사랑이든 아름다울 수
있지만, 아무 사랑이나 아름다울 수 없고, 어떤 길이든 씩씩하게 가면
되는데, 아무 길이나 가면 망가진다. 아 다르고 어 다른 말일 뿐 아니
라, 아 다르고 어 다른 삶이자 살림이다. 우리는 '어떤' 것이든 사랑으
로 바꿀 수 있는 힘하고 슬기가 있다. 그렇지만 '아무' 데에나 마음을
빼앗기면 와르르 무너지지.

2017.2.8. 달걀값 책읽기

어제, 2017년 2월 7일에 고흥읍에 나가서 살피니 달걀 한 판에 7900~8500원 즈음 한다. 보름 앞서하고 대니 천 원 즈음 내렸구나. 이 값이 비싸다면 비쌀 테지만 싸다면 싸고, 아무렇지 않다면 아무렇지 않다. 한 달에 달걀 한 판을 먹는다면 지난해하고 견주어 4000~5000원을 더 치르는 셈이지만 고작 한 달에 4000~5000원이다. 한 달에 달걀 두 판을 먹는다면 한 달에 만 원쯤 더 쓰는 셈이고. 살림하는 사람한테 이만 한 값이란 아쉬운 돈일 수 있으나 대수롭지 않을 수 있다. 천 원이나 오백 원이라도 아끼려 한다면 아쉽다. 아이들하고 밥을 즐겁게 지어서 맛나게 먹는다는 생각이라면 값을 딱히 들여다보지 않는다. 밥을 지으면서 '이게 얼마고 저게 얼마인데' 하고 생각하지 않는다. 그저 오늘 하루 이 밥을 다같이 웃으면서 먹자는 생각이다.

책값은 쌀까, 비쌀까. 책값이 비싸서 도무지 사 읽을 엄두가 안 난다고 여기면 비싸다. 즐겁게 읽어서 기쁘게 생각을 살찌우려는 마음이면 '싸지도 비싸지도 않으'면서 즐겁거나 기쁘다. 책값 만 원이나 이만 원이란 그리 큰돈이 아니다. 살뜰히 건사해서 두고두고 되읽다가 아이들한테 물려줄 만한 책을 장만한다면 시집 한 자락에 만 원이라든지 만화책 한 자락에 오천 원은 대수롭지 않은 값이다. 어느 모로 보면 고마운 값이라고 느낀다.

우리가 책값을 비싸게 느낀다면, 두고두고 되읽다가 아이들한테 물려줄 만한 책을 고르지 않은 때이지 싶다. 한 벌 슥 읽고 나서 다시 들출 일이 없는 책일 적에는 어느 책이든 값이 비싸다고 느낄밖에 없구나 싶다. 늘 곁이나 자리맡에 놓고서 몇 해 동안 즐겁게 읽는 책이라면 십만 원이라는 값이어도 안 비싸다. 아이들한테 물려주어 쉰 해 넘게 즐기는 책이라면 이십만 원이라는 값이어도 안 비싸다. 값만 바라보면 값만 보인다. 책을 바라보면 책이 보인다.

2017.2.10. 학습지는 책이 아니지만

아이들이 학습지를 풀어도 나쁘지 않다고 생각한다. 아이들이 책이 아닌 학습지만 손에 쥔다 한들 썩 나쁘지 않다고 생각한다. 그러나 한 가지를 생각해 본다. 아이들한테 학습지만 떠맡긴 채 어버이나 어른은 배움길을 게을리 한다면? 아이들만 배우라 하고 어버이나 어른은 배울 생각이 없다면?

학습지는 책이 아니다. 교재나 교과서도 책이 아니다. 꼴은 책처럼 보일는지 몰라도, 알맹이는 책이 아니다. 학습지·교재·교과서는 배움으로 나아가면서 곁에 두는 작은 길목과 같다. 학습지를 아이한테 맡길 적에는 이 대목을 헤아리면서 어버이랑 어른도 저마다 새롭게 배움길에 나서는 몸짓을 보여야 싶다. 이러면서 아이가 '학습지 아닌 책'도 만날 수 있도록 북돋아야겠지.

아이한테 책만 떠맡긴다고 해서 아이가 책을 읽을 수 없다. 아이한테 가위만 쥐어 준다고 해서 아이가 뭘 오리지 못 한다. 호미만 쥐어 준대서, 돈만 쥐어 준대서, 자동차 열쇠만 쥐어 준대서, 통장만 쥐어 준대서, 참말 아이는 아무것도 스스로 제대로 할 수 없다. 무엇을 쥐어 주든 이 '무엇하고 얽힌 이야기'를 '늘 사랑스러운 손길'로 '따스하게 함께하는 숨결'이 될 수 있어야지 싶다.

2017.4.30. 신춘문예인가 글쓰기인가

신춘문예에 소설을 내고 싶다는 젊은 분을 만났다. 이분이 걱정하는 대목을 듣고서 생각해 보았다. 이분에 앞서 나라면 어떠한가 하고 말이지. 우리는 신춘문예나 등단이라고 하는 길을 거쳐야 소설가나 시인이 될 만할까? 우리는 스스로 쓰고 싶은 이야기가 있기 때문에 소설이나 시라는 틀에 맞추어 글을 쓰는 삶이지 않을까? 신춘문예라는 이름을 얻고 싶다면 신춘문예에 뽑히도록 글을 쓰면 된다. 이는 나쁜 일이 아니다. 굳이 신춘문예라는 이름이 없어도 된다고 여기면 스스로 쓰려고 하는 이야기를 글로 옮기면 된다. 이 또한 나쁜 일이 아니다. 숱한 사람이 알아준다거나 상금을 톡톡히 받아야 좋은 글이 되지 않는다. 내 글을 알아봐 주는 사람이 많아야 글을 쓰는 보람이 생기지 않는다. 스스로 짓는 삶을 스스로 글로 옮기면서 마음에 기쁜 빛살이 넘실거리기에 글쓰기(글짓기)라는 아름다운 길을 걸어간다. 삶을 쓰듯이 글을 쓴다. 삶을 짓듯이 글을 짓는다. 밥을 지어서 먹듯이 글을 지어서 나누고, 옷이랑 집을 짓듯이 글을 지어서 펼친다. 신춘문예 심사위원이 좋아할 만한 글을 써도 재미있다. 우리 이웃이 사랑할 만한 글을 써도 재미있지. 우리는 스스로 어느 길이 우리한테 기쁘며 아름답고 사랑스러운가를 찬찬히 생각해서 슬기롭게 나아가면 된다.

책집을 여는 이웃이 있다. 책집이웃이다. 책집을 연 분이 누구인지 잘
모른다만, 나로서는 이분이 책집을 연 날부터 책집이웃이라고 여긴
다. 이분이 지난날 무엇을 했는지 알 길이 없으나, 이제부터 책집이웃
으로서 마음을 기울여 만난다. 나는 책을 짓는 사람이기에 '지은이라
는 이웃'이 될 수 있을까. 책집이웃 곁에서 책을 쓰는 이웃으로 서면서,
나를 둘러싼 뭇사람한테 즐겁게 이야기꽃 한 송이를 건넨다. 나는 책
을 쓰기도 하지만, 이에 앞서 책을 읽는 나날이기에, '책손이라는 이웃'
으로 다가간다. 나를 비롯해 숱한 분은 서로서로 나란히 '책손이라는
이웃'이다. 책손이라는 이웃은 '책벗이라는 이웃'으로도 나아간다. 저
마다 즐거이 삶을 짓고 살림을 가꾸며 사랑을 꽃피운다. 저마다 상냥
하게 노래를 하고 춤을 추며 꿈을 키운다. 따사롭고 넉넉하게 서로서
로 이웃이다.

2017.12.13. 사두는 책

책을 사둔다. 오늘 읽으려고 책을 사둔다. 오늘 미처 못 읽어도 모레나 글피에 읽으려고, 또는 다음해나 다다음해에 읽으려고 책을 사둔다. 애써 사둔 책을 끝내 못 읽더라도 이웃이나 동무한테 드릴 수 있기에 책을 사둔다. 차곡차곡 사두어 알뜰히 모은 책으로 책숲을 열 수 있기에 책을 사둔다. 아름다운 책을 만날 적마다 이 아름다운 책한테서 등을 돌리지 못하기에 책을 사둔다. 살림돈을 아껴서 책을 사둔다. 마음을 살찌우는 책이기에 사두지 않는다. 오늘 내가 이 삶을 새로우며 즐겁게 가꾸는 길에 배움벗이 되는구나 싶기에 책을 사둔다. 책값으로 돈을 쓸 수 있도록 아름다이 이야기꽃을 펼친 모든 분들이 고맙다.

내가 사전길을 걸을 줄 모르기도 했지만, 알기도 했다. 나는 어릴 적부
터 모으기를 무척 사랑했다. 좋아하지 않고 사랑했다. 무엇이든 모으
려고 했다. 아버지나 할아버지가 피우고 남은 담배꽁초에서 이름이나
무늬가 적힌 쪽종이를 뜯어서 모으려 했다. 껌종이도 모으려 했다. 병
마개도 모으려 했다. 주전부리를 감싸던 비닐껍질을 모으려 했다. 버
스표를 모으려 했다. 해마다 새로운 쇠돈을 몇 닢씩 모으려 했다. 새해
에 절을 하고 받은 절돈마저 모으려 했다. 그리고 내 마음을 모으려 했
고, 나를 둘러싼 이웃이나 동무가 어떤 생각이나 마음인가를 살펴서
모으려 했다. 구름을 눈에 담아 모으려 했고, 바람맛을 모으려 했다.
꽃내음도, 꽃잎결도 모두 모으려 했다. 어릴 적에는 그저 모으면서 살
았고, 열일곱 살에 비로소 책에 눈을 뜬 뒤로는 책을 모으려 했다. 열
아홉 살에 바야흐로 통·번역 배움길에 나서면서 말을 모아야 하는구나
하고 깨달았다. 무엇이든 모을 적에는 가릴 수 없다. 이것은 좋거나 저
것은 나쁘다고 금을 그을 수 없다. 마음을 모으는데 네 마음은 좋고 내
마음은 나쁘다고 쪼갤 수 없다. 어쩌면 이렇게 모으는 동안 무엇보다
한 가지를 배우는구나 싶다. 모을 수 있는 까닭이라면, 모두 아름답기
때문이겠지. 모으는 까닭이라면, 저마다 사랑스럽기 때문일 테고. 말
을 엮거나 짓거나 그러모으거나 가다듬거나 갈고닦아서 내놓는 사전
한 자락이란, 온누리 모든 말에 서린 아름다움을 읽을 뿐 아니라, 사랑

스러움을 나누려고 하는 뜻을 담는 책이지 싶다.

2018.4.1. 왜냐고 안 묻다

사람으로 물결치는 일본 도쿄 진보초 책골목이 아닌 사람 발길이 없는 안골을 찾아서 조용히 걷다가 작은책집을 보았다. 처음에는 책집 이름도 몰랐다. 그저 이 작은책집 가까이에 핀 들꽃내음이 고와서 저절로 발길을 옮겼지. 그리고 이 책집 앞에 '100엔'이란 값이 붙은 책꾸러미를 보고는 살짝 들여다보기로 했다. 이때에 뜻밖이라 할 만한 한국책을 여럿 보았다. 한국 백제 유물하고도 맞닿는 '한국으로 치면 일제강점기'에 나온 일본 불상을 다룬 책을 보고, 1950년대에 일본말로 나온 페스탈로치 책을 보았다. 한글로 된 한국에서 나온 인형극 책도 여럿 보는데, 모두 한국 글쓴이가 일본 아무개한테 보낸 책이다. 그런데 이 모두 한 자락에 고작 100엔. 아, 이럴 수도 있구나. 그런데, 책값을 셈하려고 책집으로 들어가니 책꽂이에는 온통 바둑 책만 있다. 헛! 그렇다, 이곳은 오직 바둑 책만 다루는 곳이다. 그래서 길가에 내놓은 '100엔짜리 책'은 책집지기가 바둑 책을 사들이다가 얼결에 딸려서 들어온 '바둑 갈래가 아닌 책'이었다. 바둑을 다룬 책으로만 책집을 가득 채운 곳에서 얼결에 만난 값진 책을 모두 100엔씩, 아홉 자락에 900엔으로 장만하면서 속이 벌렁벌렁했다. 도무지 믿을 수 없었다. 그리고 고마웠다. 허리를 깊이 숙여 고맙다는 말을 한국말로도 일본말로도 영어로도 했다. 그러니까 말이지 '바둑 전문 책집에서 왜 한국책도 100엔으로 다루느냐' 따위는 물어볼 까닭이 없다. 고맙게 만나서 기쁠 뿐이다.

들꽃내음 따라 걷다가
작은책집을 보았습니다

2018.4.2. 테즈카 오사무가 살리는

일본 도쿄에 있는 책집 이름 〈書泉〉을 알파벳 'SOSEN'으로만 바라보
았을 적에는 어떤 뜻이 깃들었을는지 몰랐다. 책집마실을 마치고 길
손집으로 돌아와 가만히 살피다가 문득 느꼈다. '책샘'이로구나. 샘처
럼 솟아나오는 책이고, 샘이 되는 책이며, 책에서 샘이 솟고, 책으로
샘을 편다. '책샘' 한쪽을 넓게 차지하는 만화책은 테즈카 오사무이다.
이분은 만화를 얼마나 많이 그려내어 얼마나 많은 이한테 읽혔을까.
어제뿐 아니라 오늘도 모레도 얼마나 많은 이한테 새롭게 샘물이 되어
줄까. 즐겁고 반가우니 책을 장만하는데, 즐겁고 반가운 마음을 실어
책집 한켠을 사진으로 남긴다.

2018.4.13. 도서관에서 하는 일

도서관이란 스스로 찾아서 배우는 곳이라고 여긴다. 도서관마다 알뜰살뜰 건사하여 갖춘 책을 우리 스스로 살피고 찾으면서 차근차근 배우는 터전이지. 도서관은 대여점이 아니라고 생각한다. 도서관을 '인기도서 빌리기'를 하는 자리로 삼는다면, 도서관으로서도 힘들고 우리로서도 배울 대목이 없을 테지. '인기도서'는 그냥 책집에 가서 즐겁게 장만할 노릇이다. 그래서 나는 일본 한자말 '도서관'을 우리말 '책숲'으로 고쳐서 가리킨다. 해마다 짐수레로 몇 꾸러미씩 "빌린 자국 없는 책을 버리기"를 하는 '도서관'이 아닌, 누구나 스스럼없이 깃들어 스스로 배우고 익히고 살피고 기쁘게 어울리는 숲으로 피어나는 '책숲'으로 거듭나기를 빈다. 으리으리 커다란 '도서관'이 아닌, 백화점 문화센터를 흉내낸 '도서관'이 아닌, 풀꽃과 나무와 숲짐승과 벌나비와 새가 모두 어울리는 아름다운 '책숲'으로 달라지기를 빈다.

2018.6.4. 배우려고 읽는다

책은 배우려고 읽는다. 그저 부스러기(지식·정보)를 머리에 담으려고 읽지 않는다. 영화는 왜 볼까? 따분한 한때를 죽이거나 때우고 싶어서 보는가? 뭐, 그래도 나쁘지는 않다. 다만 나쁘지는 않되 즐겁거나 아름다울 수는 없을 테지. "나쁘지 않다 = 좋다"라고 느끼지 않는다. "좋다 = 좋다"일 뿐이다. "나쁘지 않다 = 나쁘다"이다. 그러면 "좋지 않다"는 뭘까? "좋지 않다 = 좋다"는 얼거리이지 않을까? 그래서 나는 "좋다"도 "나쁘지 않다"도 "나쁘다"도 "좋지 않다"도 내려놓는다. 나는 오롯이 "즐겁다"하고 "즐겁지 않다"가 무엇인지 살피려고 한다. 나는 그저 "아름답다"하고 "아름답지 않다"를 제대로 가리려고 한다. 밥자리를 떠올려 본다. "맛없지 않다 = 맛있다"가 될 수 있나? 아니다. "맛있다 = 맛있다"이다. 있으니 있고, 없으니 없다. 우리는 우리가 늘 쓰는 말부터 하나하나 다시 살피면서 생각해야지 싶다. 왜 읽을까? 오직 하나이다. 배우려고 읽는다. 무엇을 배울까? 삶을 배운다. 삶을 왜 어떻게 배울까? 오늘 우리 나름대로 걸어갈 길을 즐겁게 짓고 싶어서 배우고, 즐겁게 짓는 손길을 갈고닦으려고 배운다. 한 벌 읽고 덮을 만한 책이라면 처음부터 펴지 말자. 적어도 온벌(100번)쯤 읽을 만한 책을 가려서, 차근차근 되읽어 본다. 첫벌 읽기로 그치지 않는다. 두벌 석벌 열벌 스무벌 꾸준히 읽는다. 두고두고 되새기면서 읽는다. 배울 수 있기에 삶이 즐겁고, 배울 수 있어서 책이 반갑다.

2018.8.7. **책을 알다**

우리가 읽을 아름다운 책은 누가 알려줄 수 없다. 왜냐하면 책은 '아름다운 책을 읽어야 아름다운 마음을 얻'지 않고, '아름다움을 찾는 눈으로 읽어야 아름다움을 얻'기 때문이다. 아름답지 않구나 싶은 책을 읽더라도 아름다운 빛을 얼마든지 찾아내거나 누리거나 얻는다. 이 대목을 헤아리면서 '아름다운 책에서 아름다운 숨결을 얻는 길'로 차근차근 접어들 수 있으면 된다. 책을 알려고 하는 길이란, 아름다운 별빛에 눈을 뜨고서 마음을 뜨며 몸을 한껏 띄우는 길이라고 느낀다.

들꽃내음 따라 걷다가
작은책집을 보았습니다

2018.10.12. 놀 줄 아는 마음이란

"모든 아이는 열 살 무렵까지 신나게 뛰놀 줄 알아야 합니다." 하고 한동안 생각했다. 우리 큰아이는 2017년에 열 살을 지났다. 얼마 앞서 곁님하고 이야기를 하는데, 문득 곁님이 한 마디를 한다. "아이들이 스무 살까지 신나게 뛰놀아도 되지 않을까요?" 곁님이 문득 들려준 말을 듣고 10초쯤 생각했다. 더 길게 생각하지 않아도 되겠더라. 참말로 모든 아이는 열 살 무렵까지 신나게 뛰놀고, 스무 살에 이르도록 재미나게 뛰놀면 즐겁겠네 싶더라. 나중에 서른 살 적까지 사랑스레 뛰놀면 더욱 훌륭하구나 싶고. 놀 줄 아는 마음이란 어떻게 누구하고 놀 적에 어떻게 즐거운가를 알 수 있는 삶이라고 느낀다. 그래서 이 마음은 고이 흐르고 흘러서 어떻게 누구하고 일할 적에 어떻게 즐거운가를 알아차리는 살림으로 거듭나지 싶다. 잘 놀며 자란 아이가 잘 일하며 살림 짓는 어른이 되지 싶다. 슬기롭고 사랑스레 놀며 자란 아이가 슬기로우며 사랑스레 살림을 지어 새롭게 아이를 낳거나 돌보는 어버이가 되지 싶다. 신나게 뛰놀며 자란 아이는 책을 읽어도 참으로 아름답고 알차며 사랑스레 읽는 멋스러운 어른으로 살아갈 수 있지 싶다.

2019.2.1. '학습효과'를 노리지 않는다

나는 이제껏 '학습만화'를 읽은 적이 없다. 언제나 '만화'를 읽을 뿐이다. '학습사진'도 '학습그림'도 '학습사전'도 '학습철학'이나 '학습역사'도 '학습생태학'도 '학습인문'도 '학습여성학'도 읽은 일이 없다. 그저 사진·그림·사전·철학·역사·생태학·인문·여성학을 읽을 뿐이다. '학습'을 하지 않는다. '시험'을 치르지도 않는다. 오롯이 책에 깃든 숨결을 즐겁게 읽는다. 즐겁게 읽으며 배운 뜻을 신나게 글로 쓴다. 딱히 무엇을 노리면서 읽거나 쓰지는 않지만, 한 가지는 생각한다. "삶을 사랑으로 배우는 살림을 숲에서 노래하듯 나누는 상냥하면서 슬기로운 길"을 책읽기로 맞아들이려고 한다.

들꽃내음 따라 걷다가
작은책집을 보았습니다

2019.3.13. 페미니즘 책

'페미니즘 책'은 멋진 책이라고 생각한다. 그러나 늘 아쉽다. 어쩐지 갈수록 숱한 '페미니즘 책'은 "학교에서 배우는 줄거리"에서 멈춘다. 우리나라 '페미니즘 책'은 "공격해야 할 적을 미워하는 틀"을 자꾸 찾아내려고 한다. 《조선의 페미니스트》를 읽으면서는 좀 다르다고 느낀다. 이 책을 쓴 분도 '페미니스트'라는 영어를 썼으나, '여성해방'이라는 길을 '어깨동무'를 이루는 자리에서 살피려고 했다고 느낀다. 여성한테 적·적군은 여성도 남성도 아니다. 우리한테는 아무런 밉놈(적·적군)이 있을 수 없다. 아직 깨우치지 않은 얼치기가 있고, 이웃을 뭉개려는 바보가 있고, 총칼을 앞세워서 돈과 이름과 힘을 부리려는 무리가 있다.

그러나 이런 얼치기나 바보나 무리는 밉놈이 아니라, "배워서 깨닫고 스스로 고쳐야 할 이웃"이다. 사랑을 모르기 때문에 얼치기에 바보에 굴레에 갇힌다. 사랑을 등지니 자꾸 쏘아붙이고 괴롭힌다.

군대를 키우는 나라일수록 어깨동무하고 먼 채, 사람들이 서로 싸우고 다투도록 뒤에서 부추긴다. 아름나라를 보면, 군대가 작거나 없다. 어깨동무와 사랑을 헤아리는 나라를 보면, 참말로 군대가 작거나 없다. 아이들이 군대 때문에 걱정해야 하면, 이런 나라에서는 페미니즘도 여성해방도 어깨동무도 너무 멀다. 아이들이 군대에 끌려가서 "난 돈도 이름도 힘도 없어서 이 막장에서 시달리는구나!" 하고 뼛속까지 사무치면 그야말로 민주도 평화도 평등도 등지기 쉽다.

우리나라(정부·회사)는 속속들이 "일제강점기 군대 위계질서를 여태 그대로 둔 얼거리"이다. 웃사내질(남성 가부장 권력)이 곳곳에서 드세다. 이 웃사내질은 화살로는 고꾸라뜨리지 못 한다. 웃사내질은 아이와 함께 짓는 조그마한 보금자리 살림씨앗으로 녹이고 풀면서 바꿀 수 있다. 사내가 바깥일이 아닌 집살림을 맡으면서 아이를 돌보고 가르치고 함께 배울 적에 이 나라가 허물벗기를 하겠지. 가시버시가 함께 집안을 가꾸는 슬기로운 눈빛을 밝힐 적에 이 나라는 날개돋이를 할 테지.

들꽃내음 따라 걷다가
작은책집을 보았습니다

왜 표절을 할까? 왜 표절작가인 줄 뉘우치지 않을 뿐더러 슬그머니 다시 글을 써서 팔려고 하는 짓을 할까? 왜 이런 표절작가 글을 구렁이 담 넘어가듯 새로 실어 줄까? 모두 돈이 된다고 여기기 때문일 뿐 아니라, 이들이 어떤 짓을 했든 "돈을 치러서 책을 사줄 독자·도서관·학교·책집이 있다"고 믿기 때문은 아닐까.

우리가 슬기롭고 사랑스러울 뿐 아니라 아름답고 착하면서 참하고 넉넉한 읽음님이 되어서, "표절작가 신경숙이 아니어도 읽을 책은 잔뜩 있단다"라든지 "표절작가 신경숙을 싸고돌면서 버젓이 글을 실어 주는 창비나 여러 계간지 같은 너희가 아니어도 읽을 책은 수두룩하게 있지" 같은 마음이 된다면, 이런 엉터리는 쫓아낼 수 있을까.

표절작가이든 "표절작가 글이나 책을 팔아치워서 돈을 버는 큰 출판사하고 비평가"이든, 다같이 호된맛을 못 보았으니 표절이란 짓을 하는구나 싶다. 호된맛을 모르니 표절작가를 싸고돌 뿐 아니라, 이들을 내세워 돈에 눈먼 장사꾼 출판사로 치닫는구나 싶다.

2019.10.21. '인성교육'을 '책'으로 할 수 있을까

책으로 무엇을 할 수 있을까 하고 생각해 보면, 책으로는 언제나 책 이야기를 할 수 있구나 하고 느낀다. 모든 책에는 저마다 이야기를 담게 마련이지만, 사람은 책을 길동무로 삼기는 하더라도, 삶은 책 바깥에서 이룬다. 아름다운 책을 읽더라도 아름다운 이야기는 책을 손에 쥐는 동안 흐른다. 책을 내려놓으면 삶은 책하고 다르다.

책에서 얻은 이야기가 삶에서도 흐르리라 여길 수 없다. 삶에서 누리는 이야기를 책에서도 함께 누리자고 여길 때에 비로소 책을 즐거이 맞이할 만하다고 느낀다. 책처럼 짓는 삶이 아니라, 삶을 짓듯이 책을 한 자락씩 만나면서 즐겁게 노래하는 하루로 나아간다.

그러니까, 인성교육이든 무슨무슨 교육이든 책으로는 할 수 없다. 오직 삶으로 할 수 있다. 직업교육이든 지식교육이든 학교에서는 할 수 없다. 오직 마을이랑 집에서 삶으로 할 뿐이다. 오늘날 우리 삶터를 보면, 학교는 삶터도 살림터도 사랑터도 배움터도 아닌 듯싶다. 어느 구실 하나도 못 하면서 오직 시험공부 하는 데에서 그친다. 마을 이야기를 함께 짓는 학교라 한다면, 학교에서 인성교육이나 다른 여러 가지 교육을 할 만하다. 그러나 마을 이야기를 함께 짓지 못 할 뿐 아니라, 마을하고는 동떨어진 채 '출퇴근을 하는 공무원'만 있는 학교라 한다면, 이 학교에서 무엇을 할 수 있을까.

책이 여러모로 이바지할 수 있겠지만, 사람다운 마음결로 나아가려

고 하는 '인성교육'이라면, 모름지기 삶자리에서, 그러니까 어버이랑
아이가 이웃하고 동무를 아끼는 하루를 누려야 한다. 숲·나무·풀·꽃이
며 온갖 벌레·새·뭇짐승에다가 바람·해·별·달·구름 모두를 헤아릴 수
있을 적에 비로소 따순 마음이나 고운 마음이나 착한 마음이나 너른
마음을 키우거나 가꾸거나 살찌울 만하리라 느낀다.

별 한 톨 못 보는 아이들이 무슨 착한 마음이 되겠는가? 바람 한 줄
기 느끼지 못하는 어른들이 무슨 고운 마음을 가르치겠는가? 가을에
가을볕을 함께 쬐고, 겨울에 겨울노래를 함께 부를 적에 비로소 삶이
요 교육이며 사랑이 된다.

아직 서울(도시)에서 살 무렵, 책을 버스에서도 전철에서도 대수롭지
않게 읽었지만, 길을 거닐면서도 읽었다. 걸으면서 어떻게 책을 읽느
냐고 고개를 갸웃거리는 분이 있겠지? 그런데 책에 풍덩 빠지면 제아
무리 시끄럽거나 복닥거리는 곳에서도 아뭇소리를 안 듣는다. 오직
책에만 사로잡힐 수 있다.

지난날을 가만히 되새기노라면, 나로서는 자동차 구르는 소리를 안
들으려고 책을 손에 쥐었다. 전철 쇠바퀴가 극극 긁는 소리라든지, 사
람들이 서로 밀고 밀치는 물결에 휩쓸리지 않으려고 책을 손에 잡았
다. 아무리 덥거나 추워도, 누가 밀거나 밟아도, 손에 책이 있으면 모
두 잊을 수 있다. 손에 책을 쥐고 걷는 사람한테는 길거리 장사꾼이 말
을 안 붙이고 광고종이도 안 들이밀더라.

시골에서 살림을 지은 지 한 해 두 해 흘러간다. 이동안 지난날에는
생각하지도 못한 일을 겪는다. 이를테면 '우리 집 마당'에서 해바라기
를 하며 책을 읽는다. 우리 집 마당에서 우람하게 자라는 '우리 집 나
무' 그늘을 누리면서 책을 읽는다. 겨울에는 처마 밑에 놓은 바깥마루
에 앉아서 즐겁게 포근한 볕을 누리면서 책을 읽다가, 바람이 차면 안
마루로 옮겨서 느긋하게 책을 읽는다.

마당에 서서 책을 읽다 보면, 우리 집 나무에 내려앉는 뭇새를 만난
다. 여름에는 처마 밑에 둥지를 틀고 새끼를 까는 제비를 만나고. 책에

물씬 빠지더라도, 새가 찾아들어 노래를 하면 어느새 책에서 눈을 떼고 새를 바라본다. 제비가 하루에 얼마나 자주 새끼한테 먹이를 물어다 나르는지 지켜본다. 보름마다 마을 어귀 빨래터·샘터로 물이끼를 걷으러 가는데, 물이끼를 걷고 바닥에 쌓인 찌끼를 긁어내고 나면 손발을 말리면서 새삼스레 책을 펼친다. 빨래터 담벼락에 걸터앉아 책을 읽는데, 요새는 큰아이가 곁에 나란히 걸터앉아서 저마다 즐기는 책을 읽는다.

종이책을 읽으며 한 손에는 붓을 쥔다. 책을 읽으며 그때그때 적바림할 이야기가 있으면 귀퉁이에 적거나, 따로 글꾸러미를 꺼내어 적바림한다. 요새는 종이책 아닌 누리책을 보는 분이 제법 많을 텐데, 굳이 종이책을 손에 쥐고 붓까지 손에 쥐면서 뭔가 다른 결을 맞아들인다.

종이가 되어 준 나무를 맞이하고, 붓이 되어 준 나무를 떠올리며, 종이랑 붓이 어우러져 새로 태어난 책을 그린다. 숲이 고스란히 책으로 거듭났다고 할까. 종이책을 손에 쥐면서 온몸으로 숲을 느낀다고 할까.

시골에는 책집이 없으니 서울(도시)로 책집마실을 다닌다. 한갓지고 짙푸른 시골을 떠나 빽빽하고 시끌시끌한 서울에 이르면 먼저 매캐한 바람에 재채기가 난다만, 이 고장 한켠에 조그맣게 깃든 책집에 들어서면 '나무가 거듭난 책으로 가득한 터'를 느끼면서 새삼스레 생각한다. '서울에서는 책집이 숲이로구나. 서울과 마을을 서울과 마을답도록 가꾸는 밑힘이 바로 책집에 있구나. 책 한 자락이 나무요, 책시렁을 채운 뭇책으로 둘러싸인 이곳은 숲이네.'

시골집에서는 우리 마당이며 나무이며 풀꽃을 '살아서 해맑은 숲책'으로 느낀다. 서울마실길에는 책집에 곱다라니 있는 뭇책을 마주하면서 '종이로 거듭난 새로운 숲'을 느낀다. 언제 어디에서나 숲을 살뜰히 마주하려고 손에 책을 쥔다.

밥을 하다가 슬쩍 틈을 내어, 두바퀴를 달리다가 살짝 다리를 쉬면서, 마당에서 멧새랑 함께 노래하는 동안, 시골버스나 시외버스나 전철을 타며, 한 손에 쥐는 종잇결에 흐르는 숲내음을 맡고 숲빛을 보며 숲노래를 듣는다.

우리 집이 숲이 되기를, 우리 집을 숲으로 가꾸기를, 우리 마음에 숲이 자라기를, 우리 눈에서 숲을 바라보는 기쁨이 샘솟기를, 조용히 꿈꾼다. 종이로 지은 책을 읽는 일이란, 어쩌면 숲을 읽는 일일 수 있다. 숲을 읽으려고 책을 손에 쥔다. 이야기로도 삶으로도 숲을 읽으려고 시골에서 보금자리를 일구며 책시렁을 짠다.

2020.4.21. **거품책**

엊저녁에 국을 끓이는데 두 아이가 밥짓기를 배우겠다면서 들여다보다가 문득 '거품'을 물어본다. 거품을 굳이 걷어야 되느냐고 하더라. 거품을 굳이 걷지 않아도 된다고 대꾸하다가 문득 '그래, 예전에 혼자 살적에는 거품도 알뜰히 먹었는데, 요새는 안 먹네. 나는 왜 이제 거품을 안 먹을까?' 하고 생각했다. 국맛을 보면 될 뿐, 거품맛을 보고 싶지 않을 수 있다. 그런데 이보다는 거품이 넘치면 나중에 치우거나 설거지하기에 매우 힘들다. 나도 어릴 적에 우리 어머니한테 거품을 왜 걷느냐고 여쭈었다. 이제서야 어릴 적 어머니 말씀이 떠오른다. 어머니는 어린 나한테 "거품? 안 걷어도 돼. 그런데 거품 안 걷으면 거품이 넘쳐서 설거지하고 치우는데 얼마나 힘든데. 그러니 이렇게 걷어내지." 이제 누구나 책 하나쯤 매우 쉽게 내거나 쓸 수 있는 삶이다. 참말로 누구나 이야기를 살뜰히 여미면 책을 내기란 어렵지 않다. 그런데 잘난책(베스트셀러)이라는 이름에 매달린 거품책도 쉽게 태어나지 싶다. 거품책이 나쁜 책은 아니라고 여긴다만, 우리가 거품맛을 자꾸 보노라면 어느새 국맛을 잊거나 잃지 싶다.

2020.9.17. **바람을 쐬는 책**

사람은 바람을 마시면서 목숨을 잇는다. 물이며 밥을 먹어야 몸뚱이
가 산다면, 바람을 마시면서 마음이 살아서 하루를 짓는 길을 걸어간
다. 아무리 깊은 곳으로 들어가도 바람이 흐르면 살 수 있다. 아무리
높은 곳으로 올라가도 바람이 흐르면 살 만하다. 바람이 흐르지 않는
곳은 사람한테 무척 끔찍해서 죽음터이다. 흐르는 바람을 마시면서
흐르는 생각이 되고, 흐르는 생각이 흐르는 사랑으로 피어나니, 흐르
는 이야기가 되도록 살림을 가다듬는다. 사람이 지은 책은 사람 손길
을 타기에 바람을 쐬면서 한결 싱그럽다. 바람을 마시면서 책이 오래
오래 살고, 바람을 곁에 두면서 책마다 속살이 짙푸르다.

2020.11.2. **입는 옷**

입는 옷에 따라 사람이 달라질까? 누구는 입는 옷에 따라서 달라질 테고, 누구는 어느 옷을 입든 안 달라지겠지. 고운 옷을 입기에 곱게 거듭나는 사람이 있고, 안 고운 옷을 입어도 이 옷에 아랑곳하지 않으면서 한결같이 고운 사람이 있다. 손에 어떤 책을 쥐느냐에 따라 배움거리가 달라질까? 누구는 손에 쥔 책에 따라서 배움거리가 달라질 텐데, 누구는 어느 책을 읽든 스스로 배우려는 길을 오롯이 배울 수 있다. 다시 말해서, 누구는 입는 옷이나 쥐는 책에 따라서 늘 달라지지만, 누구는 어떤 옷이나 책을 곁에 두든 스스로 오롯이 지키거나 가꾸면서 삶길을 걷는다. 어쩌면 우리는 모두 이 두 모습을 함께 품으면서 살지 않을까? 때로는 옷이 날개이듯, 책을 날개로 삼아서 배운다. 때로는 겉모습에 얽매이지 않고서 스스로 씩씩하고 사랑스럽듯, 겉이름에 기대거나 매이지 않으면서 온삶을 오롯이 배우는 길을 아름답게 걷는다.

이제껏 책을 사며 에누리를 한 일이 없다. 아마 십만 자락이 훌쩍 넘는 책을 샀을 텐데 참말 한 자락도 에누리를 한 적이 없는 줄 요즈음 새삼 스레 깨닫는데, 왜 에누리를 안 하면서 책값을 치르나 하고, 요 몇 해 동안 헤아려 본다. 어느 날 곁님이 문득 짚어 주어서 뒤늦게 무릎을 쳤다만, '책값 = 배움삯'이라고 여겼기에 책값을 에누리할 마음이 없던 셈이더라. 한 줄을 읽으면서 배우든 통째로 다 읽으면서 배우든, 늘 배울 수 있어 고마운 책이기에, 기꺼이 온돈을 치르면서 책을 사려고 했구나 싶다. 삶을 배우고 살림을 배우며 사랑을 배울 수 있는데 값을 깎자거나 외상으로 달아 놓을 수야 없지. 고마이 배우고 기쁘게 배우며 아름답게 배우는데 바로바로 온돈을 치를 뿐 아니라 우수리나 덤을 챙겨 주고 싶은 마음이다.

2021.5.8. 빌리지 않지만 빌리는 책

나중에 돌려주려고 얻을 적에 '빌리다'라는 낱말을 쓴다. 책숲(도서관)이라면 책을 빌려서 읽을 테지. 이는 살림을 빌리는 얼거리인데, 책이라는 살림을 빌려서 읽을 적에는 우리 둘레에 뭔가 더 채워 넣으려 하지 않되, 우리 마음에 이웃님이 펼친 아름답거나 즐겁거나 훌륭한 생각을 슬기롭게 나누어 받으려는 뜻이라고 할 수 있다.

살림살이로 손수 건사하려고 할 적에 '사다'라는 낱말을 쓴다. 책집에 마실을 가서 돈을 치르고서 우리 손에 쥐거나 가방에 넣으면 책을 사는 얼거리이다. 이때에는 책이라는 살림에 깃든 슬기로운 마음을 우리 것으로 삼으려는 뜻뿐 아니라, 우리한테 슬기로운 마음을 베풀거나 나누어 준 이웃님한테 살그머니 돈 얼마를 보태려는 뜻이 어우러진다.

누구나 책을 빌리면서 빌리지 않는다. 책에 깃든 마음을 얻고서 우리 스스로 새로운 마음으로 다시 태어나서 즐겁게 살아가려는 기운을 지을 적에, 지은이한테 즐거운 마음을 가만히 돌려준다고 할 만하다. 아직 책을 펼치지 않았다면 아직 지은이 마음을 빌리지 않은 셈이다. 책을 펼쳐서 한 줄 두 줄 마음으로 아로새길 적에는 지은이 마음을 빌린 셈이다.

책숲에서 얼마든지 빌릴 수 있는 책을 애써 값을 치러서 사들이려 할 적에는 여러 뜻이 있다고 느낀다. 지은이하고 펴낸이하고 이웃이 되려는 뜻이 있고, 스스로 마음을 가꾸는 길동무가 되는 책을 늘 곁에 두려는 뜻이 있다. 그리고 책으로 다시 태어나 준 나무나 숲을 우리 보금자리에 두고 싶은 뜻이 있다.

2021.11.8. 헌책집을 찍는다

처음에는 "책숲(도서관)에서 안 다루는 책이 가득한 바다"라고 느꼈다. 이윽고 "때(시간)하고 곳(장소)을 잊으면서 스스로 짓고 싶은 새로운 때하고 곳으로 날아가는 징검다리인 책으로 상냥한 쉼터"라고 느꼈다. 주머니가 늘 가난했기에 "가난한 이한테도 가멸찬(부자) 이한테도 고르게 책사랑을 들려주는 이야기밭"이로구나 싶었다.

푸른배움터(고등학교)를 마치고 서울로 책마실을 다니는 동안에 "다 다른 눈빛으로 지은 다 다른 삶빛을 어제하고 오늘하고 모레로 이으면서 속삭이는 배움터"이네 하고 깨닫는다. 나는 낱말책을 짓는 일을 하기에 어제책·오늘책을 나란히 살피면서 모레책을 엮는다. 이러한 글살림·책살림은 새책집·헌책집을 늘 나란히 품으면서 사람길·살림길·숲길을 헤아리는 글길이라고 할 만하다.

앳된 열일곱 살에는 둘레에서 말하는 대로 '헌책집'이라고만 받아들였으나, 스무 살을 넘고 서른 살로 접어들 즈음에는 '손길책집'으로 느끼고, 마흔 살에 이를 무렵에는 '손빛책집'으로 느낀다. "글쓴이·엮은이·펴낸이에다가 새책집지기·책숲지기(도서관 사서)뿐 아니라 책동무(독자) 손길까지 어우러진 책을 차곡차곡 여투는 곳"이 헌책집이다. "모든 책이 새로 태어나서 읽히는 곳"이요, "모든 책에 새숨을 불어넣으면서 새빛을 그리는 곳"이 헌책집이다.

나는 이 헌책집을 다니면서 1998년부터 찰칵찰칵 담았다. 오래된 책을 다루는 곳이 아닌, 낡거나 허름한 책을 다루는 곳이 아닌, 값싸거나 잊혀지거나 한물간 책을 다루는 곳이 아닌, "어제책을 오늘책으로 삼아 모레책을 짓는 슬기로운 눈빛을 북돋우는 곳"인 헌책집을 스스로 느끼는 대로 한 자락 두 자락 담는 나날이었다. 헌책집에서 책을 장만하여 읽은 첫날은 1992년 8월 28일이다만, 헌책집을 찰칵찰칵 담은 첫날은 1998년 8월 어느 하루이다.

헌책집을 늘 찾아다녔으나 헌책집을 스스로 찍자는 생각을 제대로 하기는 1999년 1월 1일부터이다. 날마다 헌책집에서 책바다를 누렸으나 이 책빛을 손수 담기까지 일곱 해가 더 걸린 셈인데, 이동안 조용히 사라진 곳이 참 많고, 오늘까지 즐겁고 씩씩하게 책살림을 짓는 곳이 제법 많다. 헌책집은 언제나 마을 한켠에 깃든다. 번쩍거리는 한복판이 아닌, 우리가 보금자리를 이루어 조촐히 살림을 짓는 마을에서 태어나는 헌책집이다. 손길을 돌고돌며 새삼스레 빛날 책을 마을에서 가만히 나누는 책터이자 쉼터이자 이음터이자 만남터인 헌책집이다.

마을책집(동네책방)은 바로 헌책집이 첫걸음이었다고 할 테지. 오롯이 마을사람하고 어깨동무하면서 상냥하게 책숨을 펴온 헌책집을 문득 들여다보는 이웃님이 늘어나기를 바란다. 높지도 낮지도 않게 책노래를 조용히 퍼뜨리는 이 헌책집에서는 어린이도 할머니도 똑같이 반갑고 즐거운 책손이다.

어떤 일을 하기에 참으로 좋은 자리가 있다. 그러나 꼭 그 자리에 있어야만 어떤 일을 훌륭히 할 수 있다고는 여기지 않는다. 자리가 사람을 바꾸기도 하지만, 사람이 자리를 바꾸기도 하니까. 우리는 돈 많고 집 넓은 어버이한테서 태어나서 처음부터 그저 넉넉하게 다 누리면서 어떤 일을 할 수 있다. 우리는 돈 없고 집 없는 어버이한테서 태어나 처음부터 갖은 가시밭길을 걸으며 온통 모자란 채 어떤 일을 할 수 있다. 어느 쪽이 더 낫다고 여기지 않을 뿐더러, 더 좋은 길도 없다고 여긴다. 다만 우리는 어느 쪽으로 태어나서 살아가든 우리 이야기를 쓰고 나눌 수 있다. 갖은 가시밭길을 걸었으면 이 이야기를 글로도 쓰고 둘레에 밝히면서 나처럼 가시밭길을 걷는 뒷사람이나 젊은이를 도울 수 있다. 모두 넉넉한 집안에서 태어나 살았으면 이 넉넉한 살림을 곁에 있는 이웃이나 동무하고 나누면서 서로 즐겁게 꿈으로 나아가는 길을 갈 수 있다. 이리하여 "책집 하기 좋은 자리는 없다"고 말하고 싶다. 사람이 뜸하게 다닌다면 아직 사람이 뜸하게 다닐 뿐이다. 이제 책이란, 누구나 집이나 일터에서 누리그물로 손쉽게 살 수 있다. 그러니 목 좋은 곳에 책집을 연다 한들 하나도 안 좋다고 여길 만하다. 다시 말해서, 이제 책이란, 책집이란, 사람들이 품을 들이고 말미를 들여서 골목이며 시골이며 마을이며 느끼면서 바람을 마시고 볕을 쬐며 비를 느끼면서 찾아가는 즐거운 맛으로 숲을 배우는 터전이라 할 수 있다. 이제는 책이 그저 사고파는 글뭉치가 아니다. 이제는 "왜 굳이 이 자리에서 이 마을책집을 가꾸는가를 이웃한테 밝혀서, 책 하나를 만나러 먼먼 골목이며 서울이며 시골이며 마을을 돌고돌아서 찾아오는 맛이랑 멋"을 함께하자는 마음을 속삭일 수 있다.

2022.9.8. 아줌마가 책을 읽을 때

오늘날 우리나라에서 여느 살림집 여느 아줌마가 책을 손에 쥘 겨를은 거의 없다고 할 만하다. 오늘날 우리나라는 아직 민주와 평등하고 많이 동떨어지기 때문이다. 한가위에 여느 아줌마는 무엇을 할까? 설날에 여느 아줌마는 어디로 갈까?

아침에 밥과 국을 끓이면서 책을 살짝 쥔다. 그야말로 살짝 쥔다. 밥물을 안치고 국에 불을 넣은 뒤 다른 곁거리를 마련하는 틈이 살짝 비는데, 이때에 한두 쪽을 읽을 수 있다. 곁거리를 모두 마련한 뒤 손을 새로 씻어서 행주로 밥자리를 닦고 수저를 놓는 동안 두 손은 물이 마른다. 밥과 국이 얼마나 익었는가 살피고 나면, 이때에 서너 쪽을 읽을 수 있다.

넷이 먹을 밥 한 끼니 마련하는 동안 으레 열 쪽 남짓 읽을 수 있다. 그런데, 다섯이나 여섯이 먹을 밥 한 끼니라면, 일곱이나 여덟이 먹을 밥 한 끼니라면, 다만 한 쪽조차 읽지 못한다. 아니, 책을 거들떠볼 겨를조차 없다. 넷이 먹을 밥을 마련하더라도, 며칠 동안 비가 그치지 않다가 갠 아침이라면, 밥과 국에 불을 올리고 나서 바지런히 손빨래를 할 틈이 생긴다. 이런 날에도 손에 책을 쥘 틈이 없다.

밥을 모두 먹이고 설거지를 마친 뒤 부엌 비질을 끝내면 살짝 기지개를 켠다. 이때에 하품을 하면서 손에 책을 쥘 만하다. 그러나 몸이 고단하지 않을 때라야 손에 책을 쥔다. 때로는 고단함을 털어내자 생각하면서 책을 손에 쥐어 보는데, 스르르 눈이 감기기 일쑤이다.

오늘날 우리나라에서 어느 살림집 어느 아저씨는 무엇을 할까? 오늘날 이 나라에서 어느 살림집 어느 아저씨는 어떤 책을 읽으면서 어떤 앎조각을 쌓고 어떤 일을 할까? 식은밥이 있으면 10분, 새로 밥을 지어야 하면 30분, 꼭 이만 한 겨를에 네 사람 먹을 밥 한 끼니 차릴 줄 모르는 사내라면 사람이 될 수 없다고 생각한다.

만화책을 모르는 사람이 많다. 만화책을 모르니, 만화책을 읽으며 어떤 빛을 누리는지도 모른다. 그림책을 모르는 사람이 많다. 그림책을 모르니, 그림책을 읽으며 어떤 꿈을 누리는지도 모른다. 어린이책을 모르는 사람이 많다. 어린이책을 모르니, 어린이책을 읽으며 어떤 사랑을 누리는지도 모른다.

그러면, 나는 만화책이나 그림책이나 어린이책을 아는가?

나는 이 책을 '안다'고는 느끼지 않는다. 늘 가까이하면서 즐길 뿐이다. 김혜린·강경옥 만화를 즐기고 누리면서 타카하시 루미코·테즈카 오사무를 천천히 알아보면서 함께 즐긴다. 윌리엄 스타이그·바바라 쿠니를 즐기고 누리면서 이와사키 치히로·엘사 베스코브를 찬찬히 알아보면서 나란히 즐긴다. 이원수·권정생을 즐기고 누리면서 임길택·이오덕을 시나브로 알아보면서 다같이 즐긴다.

사람들은 흔히 '인문책'을 말하곤 하지만, 역사나 정치나 사회나 교육이나 철학이나 예술을 글감으로 삼아 학술논문이나 대학교 보고서처럼 쓰는 책이 '인문책'이 될 수는 없다고 느낀다. 학술논문은 학술논문이고, 대학교 보고서는 대학교 보고서이다. 학자들끼리 쓰는 딱딱한 '이중언어 한자말'로는 인문책을 쓸 수 없다. 이런 '이중언어 한자말'은 만화책이나 그림책이나 어린이책에는 하나도 안 나타났는데, 요즘 그림책이나 어린이책에 조금씩 '이중언어 한자말'이 스멀스멀 번진다.

아무튼, 오직 '인문책' 이름이 붙는 책에 우리말씨가 아닌 일본말씨하고 옮김말씨가 드러난다. 대학교나 학계에 깃을 둔 이들은 왜 '집에서 살림 꾸리고 아이 돌보는 여느 사람들' 말씨로는 인문학 이야기를 펼치지 못할까? 그들은 왜 '지식 언어'에 갇힌 채, 여느 사람들 수수한 '삶말'하고 끝없이 엇나가면서, 자꾸자꾸 더 딱딱하게 담벼락을 세우려 하는가.

일본 한자말 '인문'을 풀자면, 사람들 살아가는 이야기이다. 사람들 살아가는 이야기는 '역사·정치·사회·교육·철학·예술'이라는 틀로 가두지 못한다. '종교·문화·경제'라는 틀로도 사람들 살아가는 이야기는 담지 못한다. 사람들 살아가는 이야기에는 역사를 비롯해 경제까지 고스란히 깃든다. 좁은 갈래 하나만 겨우 짚는 꾸러미는 아직 인문책이 아니다. 너른 살림살이를 두루 담아내는 꾸러미라야 '살림책(인문책)'이란 이름이 걸맞다.

이 나라 학자들이 내놓는 논문으로는 인문책일 수 없지만, 수수한 살림꾼 가계부가 바로 살림책(인문책)이라고 느낀다. 살림꾼 가계부를 읽으면, 사회 흐름과 경제 속내뿐 아니라 교육과 문화와 철학까지 예술스럽게 드러난다. 또한, 이오덕 님이 1950~70년대에 멧골자락 조그마한 배움터에서 아이들 가르치며 아이들 스스로 이녁 삶을 수수하게 글로 쓰도록 이끈 '어린이 글'을 읽으면, 이 짧고 수수하며 투박한 글에 모든 정치와 역사와 철학이 곱게 어우러지면서 드러난다.

만화책이란 무엇일까. 그래, 만화책이란 만화라는 그릇을 빌어 '사람들 살아가는 이야기를 들려주는 빛'이리라. 그림책이란 무엇일까.

그래, 그림책이란 그림이라는 그릇을 빌어 '사람들 살아가는 이야기를 들려주는 꿈'이리라. 어린이책이란 무엇일까. 그래, 어린이책이란 어린이 눈높이에 글쓴이 눈높이를 맞추어 '사람들 살아가는 이야기를 들려주는 사랑'이리라. 나는 오늘도 우리 아이들과 함께 만화책과 그림책과 어린이책을 읽는다.

**들꽃내음 따라 걷다가
작은책집을 보았습니다**

2022.11.10. 책집이라는 곳

책집은 대단한 곳이라고 생각하지 않는다. 새책집도 헌책집도 마찬가지. 책숲(도서관)도 매한가지. 책이 있는 곳이라서 대단해야 한다고 생각하지 않는다. 우리는 저마다 새롭게 빛나는 숨결인 터라 모든 사람이 아름답고, 저마다 새롭게 빛나는 숨결로 꾸리는 책집은 저마다 아름다우니, 어느 곳이 대단하다고 하거나 어느 것은 덜 대단하거나 안 대단하다고 가를 수 없다고 생각한다.

쉰 해 넘게 '만화책집'을 꾸린 할머니가 계시다. 이 할머니는 "책집지기 예순 해"를 앞두고 책집을 닫았다. '인문사회과학책집'도 아닌 '만화책집'은 그만 꾸리기를 바라는 딸아들 목소리가 컸다고 한다. 지팡이로 절뚝거리면서 '손님도 거의 안 찾는 작은 만화책집'에 날마다 도시락을 싸들고 가서 혼자 드시는 모습을 이녁 딸아들이 보아주기 어렵다고 했단다. 할머니가 그저 아무 일을 안 하면서 집에서 푹 쉬기를 바랐다더라.

거의 예순 해에 이른 '만화책집지기 할머니'가 일을 그만둔 때는 2004년 언저리였지 싶은데, 그 뒤로 스무 해 가까이 흐른 오늘 2022년에, 우리는 '인문사회과학책집지기'나 '그림책집지기'가 아닌 '만화책집지기'를 어떤 눈으로 바라보는지 궁금하다.

책을 다루는 곳은 모두 책집이지 않을까? 만화책이나 어린이책은 아이들만 보는 '덜떨어지는(유치한) 책'일까? 책집은 대단해야 한다고 생각하지 않는다. 책집은 아름답기만 하면 넉넉하다고 생각한다. 번쩍번쩍한 겉모습이 아닌, 책 한 자락으로 마음을 나누고 사랑을 속삭이는 즐거운 쉼터이자 이야기터라면, 모든 마을책집은 아름답다고 생각한다.

책집이 아닌 살림집도 이와 같다. 조촐히 이야기터이자 쉼터이자 삶터이자 숲터로 오늘 하루를 돌보면 모든 살림집은 아름집으로 나아가는 아름길일 테지. 우리는 모두 '지기'이다. 집지기이면서 마을지기요 숲지기에다가 아이지기(어른으로서는)에 어른지기(아이로서는)이다. 스스로 즐거이 하루를 노래하는 지기이기에 책집지기라는 이름을 새록새록 보듬으면서 이웃하고 이야기꽃을 지피는 어깨동무를 하는구나 싶다.

들꽃내음 따라 걷다가
작은책집을 보았습니다

서울은 시끄럽다. 부산과 인천도 시끄럽다. 광주와 순천도 시끄럽다. 대전과 포항도 시끄럽다. 골목으로 접어들어서 거닐면 덜 시끄럽다만, 어느새 쇳덩이가 앞뒤로 들어와서 빵빵댄다. 사람이 느긋이 걷기도 모자란 골목 어디나 한켠에 다른 쇳덩이가 한참 서기에, 걷는 사람은 이쪽 쇳덩이한테서 비키고 저쪽 쇳덩이한테서 비켜야 한다. 그렇지만 쇳덩이를 모는 이들은 "무단주정차를 한 다른 쇳덩이"가 줄줄이 있어서 좁은 골목길이 가뜩이나 좁 "아도, 언제나 걷는 사람한테 빵빵대면서 담벼락에 바싹 붙으라고 윽박지른다.

서울이나 큰고장에 바깥일을 보러 다녀오면 힘을 쪽 뺀다. 우리나라는 서울도 시골도 '쇳덩이나라(자동차 친화정책)'인 터라, 쇳덩이를 몰지 않으면서 걷는 사람한테는 끔찍한 불수렁이다. 거닒길이 얼마나 울퉁불퉁하고 지저분한지 모르는 분이 많다. 젊은 엄마가 억지로 쇳덩이를 장만하고 아기를 태워서 부릉부릉 모는 까닭을 알 만하다. 우리나라 모든 거닒길은 아기수레를 밀면서 다니기에는 대단히 괴롭고 벅차며 아슬아슬하거든.

다시 말하자면, 우리나라는 "걸어서 다닐 수 있는 길이 아예 없다"고 할 수 있다. '걷는수렁(보행자 지옥)'이다. 할매할배가 남은 오래골목(구도심)을 보면, 마을 할매할배가 날마다 아침낮저녁으로 틈틈이 비질을 한다. 오래골목을 거닐면 길바닥도 정갈하고 고즈넉할 뿐 아니라, 마을 할매할배가 가꾸는 풀꽃나무에 새가 내려앉아서 노래하고, 벌나비가 춤추며 풀벌레가 노래하고, 이따금 개구리까지 노래를 보태니, 서울마실·큰고장마실을 할 적에 몸마음을 쉴 수 있다.

이와 달리 큰길을 걸어야 할 적에는 길바닥이 어마어마하게 지저분하고 돌과 못과 깨진 병조각이 춤출 뿐 아니라, 곤드레꾼이 게운 속엣것이 곳곳에 있고, 길담배를 태운 이들이 버린 꽁초가 널렸는데, 길장사를 하는 분도 많고, 가게마다 길에 살림을 잔뜩 내놓기까지 하니, 그야말로 '서울 큰길'을 걸어서 지나야 할 적에는 귀도 눈도 몸도 마음도 다 아프다.

아스라이 먼 옛날부터 고샅과 골목은 '아이 차지'였다. 아이들이 고샅과 골목에서 맨발로 뛰놀 수 있어야 마을이 아름답고 사랑스럽다. 가면 갈수록 서울과 큰고장과 시골읍내까지, 걸어다니는 어린이를 아예 볼 수 없다고까지 느낀다. 다만, 우리나라 여러 고을 가운데 부산은 아직 "걷는 어린이"가 꽤 있다. "걷는 어린이"를 보기 어려운 고을이나 마을이라면, "어린이도 어른도 살기 어려운 불수렁(지옥)"이라는 뜻인데, 이 얼거리를 알아보는 이웃이 늘어나기를 빈다.

2023.6.11. 크거나 작은 출판사

우리나라 큰 출판사를 가만히 보면 '대표작'을 으레 든다. 큰 출판사이다 보니 그동안 펴낸 책이 대단히 많아서 몇몇 책을 으레 꼽는데, 큰 출판사에서 으레 드는 대표작이란 많이 팔린 책이기 일쑤이다.

우리나라 작은 출판사를 곰곰이 헤아리면 '대표작'을 거의 들지 못한다. 작은 출판사이다 보니 그동안 펴낸 책이 아직 적기도 하지만, 작은 출판사는 굳이 대표작을 들지 않는다.

큰 출판사는 워낙 책을 잔뜩 펴내기에, 팔림새가 떨어지는 책은 아주 빠르게 판이 끊어진다. 큰 출판사는 아무래도 팔림새가 높은 책을 바탕으로 삼아서 책을 알리거나 다루거나 이야기하겠지.

작은 출판사는 한 자락을 낼 적에도 워낙 온힘을 쏟아붓기에, 팔림새보다 살림살이를 더 살핀다. 앞으로 판을 끊지 않고 두고두고 책손을 만나도록 하고 싶은 책을 펴내지. 작은 출판사로서는 이 작은 출판사에서 펴낸 모든 책이 '작은 출판사 대표작'이라고 할 만하다. 작은 출판사는 모든 책을 넉넉히 아우르려는 품으로 책을 짓는다.

크거나 작은 출판사를 바라볼 적에 어느 흐름이나 모습이 더 낫거나 좋다고 말할 수 없다. 팔림새가 좋은 책도 얼마든지 좋은 책이고, 팔림새가 떨어지는 책도 얼마든지 좋은 책이게 마련이다. 다만, 나는 한 자락씩 한결 넉넉하고 따스하게 품는 작은 출판사 몸짓과 손길을 눈여겨보면서 아끼고 싶다.

어느 푸름이가 나한테 묻는다. 나는 이 묻는 말을 기쁘게 받아들인다. "위인전을 보면 위인들은 역경이나 고난을 딛고 일어서는데요, 역경이나 고난은 어떻게 해야 해요?" "힘들게 살고 싶어요?" "네? 잘 모르겠어요." "힘들게 살고 싶으면 일부러 힘든 일을 찾아서 해도 돼요. 그런데 왜 힘든 일을 일부러 찾아서 해야 할까요? 생각해 보세요. 땅 백만 평이라고 쳐 보지요. 우리 어버이가 훌륭한 일을 해서 아름다운 집과 숲을 백만 평 넓이로 가꾸는 보금자리를 이루었다고 해보지요. 자, 그러면 어떻게 할까요? 우리는 이 아름다운 어버이 집을 일부러 떠나서 밑바닥부터 다시 하면서 일부러 어렵게 살아야 할까요? 아니면, 우리 어버이가 일군 아름다운 보금자리를 그야말로 아름답게 누리면서 삶을 지으면 될까요? 어느 길을 골라서 어느 일을 하든 다 즐거워요. 좋은 쪽도 나쁜 쪽도 없어요. 고난과 역경을 일부러 다 겪어 보아도 나쁘지 않아요. 그러나 고난과 역경을 일부러 겪어 보다가 지치거나 힘들어서 죽고 싶을 수 있고, 그만 죽을 수 있어요. 그렇지만, 더 생각해 보세요. 우리 어버이가 아름다운 보금자리를 일구셨다면, 이 보금자리는 왜 일구셨을까요? 바로 우리한테 물려줄 빛이기에 일구셨을 테지요? 우리 친구는 '위인'이 되고 싶으세요?" "아니요." "위인이 굳이 되어야 할 까닭이 없어요. 우리는 우리 스스로 '사람'이 되어 살면 돼요. 스스로 즐겁고 기쁘며 아름답고 사랑스럽게 살면 돼요. 그뿐이에요. 위인이 될 까닭도 안 될 까닭도 없어요. 우리는 우리 삶을 배워서 꿈을 지으면 돼요. 위인전이 왜 재미없는 책인지 아시나요? 위인전은 사람들을 너무 힘들게 몰아세우면서 마치 그러한 일을 누구나 다 겪어야 한다고 이야기하기 때문에 재미없어요."

나는 고무신을 꿰고서 책집마실을 다닌다. 아니, 나한테는 고무신만
있다. 꼼꼼히 따지자면 '고무'가 아닌 '플라스틱'이라서 '플신(플라스틱
신)'이기는 하다. 2010년 언저리까지는 고무로 찍은 고무신이 있었다
만, 뒷굽이 쉽게 까져서 싫다는 사람들이 많아서 말랑말랑한 플라스틱
으로 가볍게 찍는 '플신'을 '고무신 모습'으로 내놓을 뿐이다. 고무로 찍
는 고무신은 중국에서만 나온다고 들었다. 서울·큰고장 이웃님은 "요
새도 고무신을 파느냐?"고 묻는다만, 시골 할매할배는 다 고무신을 꿴
다. 그런데 시골 읍내나 면소재지에 사는 이웃님도 "아직도 고무신이
있나요?" 하고 묻더군.

　고무신은 시골 저잣거리나 신집에서도 팔고, 서울 저잣거리나 신집
에서도 판다. 다만 서울·큰고장에서는 '신집'에서 팔 뿐, ㄴ이나 ㅇ처럼
큰이름을 붙이는 데에서는 안 팔지. 적잖은 분들은 "요새도 헌책집을
다니는 사람이 있느냐?"나 "아직도 헌책집이 있나요?" 하고 묻는데, 헌
책집은 서울이며 나라 곳곳에 튼튼하고 의젓하게 있다. '알라딘 중고
샵'이 아닌 '헌책집'은 신촌에도 홍대에도 있고, 여러 열린배움터(대학
교) 곁에도 있으며, 안골목에 가만히 깃들어 책손을 기다린다.

　새로 나와서 읽히는 책이 있기에, 이 책이 돌고돌 징검다리인 헌책
집이 있게 마련이다. 고무신도 헌책집도 '흘러간 옛날 옛적 살림'이 아
닌 '오늘 이곳 살림'이다. 서울·큰고장 이웃님은 "요새도 흙을 짓는 사

람이 있나요?"나 "아직도 시골에서 사는 사람이 있나요?" 하고 묻지는 않겠지? 어쩌면 이렇게 물을 만한 분이 꽤 늘었다고도 할 텐데, 들숲바다가 있어야 서울·큰고장에서 사람이 살 수 있다. 새책집 곁에 헌책집이 있어야 책이 돌고돌 뿐 아니라, 오랜책으로 새롭게 배우는 살림길을 탄탄히 다스린다.

발바닥이 땅바닥을 느끼기에 어울리는 고무신이다. 오늘 이 터전을 어떻게 이루었고 앞으로 어떻게 나아갈 적에 아름다운가 하는 실마리하고 밑바탕을 '헌책·오래책·손길책'으로 되새기게 마련이다.

한창 이오덕 어른 글을 갈무리하던 무렵, 두바퀴를 달려서 찾아간 헌책집이다. 충북 충주부터 서울 신촌까지 이레마다 오가면서 하루를 누볐다. 내 신(고무신)은 두바퀴를 달려 주느라, 엄청난 책등짐을 짊어진 몸을 걸어 주느라, 언제나 가장 밑바닥에서 온힘을 다해 주었다. 땀하고 먼지에 전 고무신을 헹굴 적마다 이 나라 책마을 밑자락에서 조용히 땀흘리는 헌책집지기를 가만히 떠올린다.

2024.1.2. '검증'된 책은 없다

"검증된 책"을 말씀한 분이 있어 고개를 갸우뚱하다가, 먼저 낱말책(국어사전)부터 살핀다. 한자말 '검증(檢證)'은 "검사하여 증명함"을 뜻한다. '검사(檢査)'는 "사실이나 일의 상태 또는 물질의 구성 성분 따위를 조사하여 옳고 그름과 낫고 못함을 판단하는 일"을 뜻하고, '증명(證明)'은 "어떤 사항이나 판단 따위에 대하여 그것이 진실인지 아닌지 증거를 들어서 밝힘"을 뜻한다. '조사(調査)'는 "사물의 내용을 명확히 알기 위하여 자세히 살펴보거나 찾아봄"을 뜻한다. 곧, '검증'이란 "옳고 그름이나 낫고 못함을 살펴보거나 찾아보아서 밝히기"이다. 그러면, "책을 검증하는" 일은 할 수 있을까?

온누리에 "검증된 책"은 없다고 느낀다. 어느 책도 "검증되지 않"으며, 어떠한 책도 "검증할 수는 없"다고 느낀다. 왜냐하면, 어느 책이든 읽는 사람 몫이다. 어떠한 책도 쓰는 사람 몫이다. 글을 읽는 사람은 어떤 틀이나 굴레에 얽매여 책을 살필 수 없다. 글을 쓰는 사람은 어떤 잣대나 울타리에 갇혀서 책을 쓸 수 없다.

많이 팔린 책이라서 "검증된 책"이 아니다. 비평가나 전문가가 칭찬하는 책이라서 "검증된 책"이 아니다. 추천도서나 권장도서로 이름이 오르면 "검증된 책"일까? 누가 책을 '검증'할 수 있을까?

그림이나 사진이나 만화를 '검증'할 수 없다. 노래나 춤을 '검증'할 수 없다. 웃음이나 눈물을 '검증'할 수 없다. 꿈과 사랑을 '검증'할 수 없는 노릇이다. 글 또한 어떠한 틀이나 잣대로도 '검증'할 수 없다.

책이란, 글과 그림과 사진으로 엮은 이야기꾸러미이다. 글과 그림과 사진을 '검증'할 수 없는데, 책을 어떻게 '검증'하지? 책에 담는 글과 그림과 사진이란, 우리 삶이다. 우리 삶을 이야기로 풀어내어 책을 엮는다. 웃음과 눈물, 꿈과 사랑, 숲과 사람과 하늘과 바다와 햇살 들을 이야기로 갈무리해서 책을 일군다. 웃음도 숲도 햇살도 '검증'할 수 없을 텐데, 어떻게 책을 '검증'할까?

누구나 스스로 즐거울 책을 읽으면 된다. 누구나 스스로 사랑하는 삶을 일구면 된다. 누구나 스스로 아름다운 넋을 품으면 된다. 누구나 스스로 착한 일을 누리면 된다.

'검증'이란 무엇이요, 어떤 사람이 책을 '검증'하려 들까 돌아본다. 책을 '검사'하거나 '조사'하는 짓을 누가 왜 하려 드는지 곱씹어 본다.

돌이켜보면, 이 나라에 퍽 오랫동안 "검증된 책"이 나돌았다. 이른바 '검인정 교과서'와 '불온도서'가 책을 '검증'하던 짓이다. "검인정 교과서"는 아이들한테 삶을 올바르게 보여주는 길하고 한참 멀었다. '불온도서' 도장이 찍힌 책은 우리가 읽어서는 안 되는 책이 아니었다.

사회나 문화를 '검증'할 수 없다. 삶을 '검증'할 수 없다. 누가 "검증된 책을 읽는다" 하고 말한다면, 스스로 틀에 갇히거나 울타리에 얽매이겠다는 뜻이다. 사회권력과 정치권력과 문화권력이 책을 틀에 가두거나 짓누르는 짓이 '검증'이라고 느낀다. 책을 틀에 가둔다는 뜻은, 책에 담는 웃음과 꿈과 사랑과 이야기 모두를 틀에 가둔다는 뜻이다. "검증된 책을 읽는다"는 말은, 권력자가 짓밟는 대로 길들거나 끄달린다는 소리이다. 사람들 스스로 다람쥐 쳇바퀴를 돌듯 종살이를 한다는 소리이다.

책을 '검증'하는 사람이란 있을 수 없고, 책을 '검증'하려는 정부기관이란 있을 수 없다. 아니, 있어서는 안 될 노릇이다. 책을 내놓으려 하는데 '허가'를 받아야 하거나 '검사'를 받아야 한다면, 글을 쓰지 말라는 뜻이고, 사람들이 이녁 삶을 마음껏 누리지 못하도록 가로막는다는 뜻이다.

가벼운 말로 "베스트셀러는 검증된 책이니, 베스트셀러를 즐긴다." 하고 말할 사람이 있으리라 본다. 그러나, 책은 처음부터 어떤 '검증'도 있을 수 없다. 많은 사람이 좋아한다든지, 많은 사람이 찾아보는 책은 있겠지만, "검증된 책"이란 있을 수 없다.

나를 찾아나서는 책읽기요, 내 넋을 살피는 책읽기라 한다면, 내 삶을 살찌우는 책읽기이고, 내 삶길을 빛내는 책읽기라 한다면, '남들이 검증해 놓은 틀'에 맞추어 책을 읽을 수 없다. 누구나 스스로 눈빛을 밝혀 책을 찾아서 읽을 뿐이다. 사람들 누구나 스스로 마음을 열어 이녁한테 아름다울 책을 살펴서 읽을 뿐이다.

사람이 사람인 까닭은 언제 어디에서나 신나게 춤을 추고 노래하면서 활짝 웃고 어깨동무할 수 있는 착하고 참다우며 고운 숨결이 흐르기 때문이라고 본다. 아이들이 얼마나 잘 놀고 얼마나 춤을 잘 추며 얼마나 노래를 잘 부르고 얼마나 웃음을 잘 지으면서 동무하고 손을 맞잡는가를 새삼스레 바라볼 수 있기를 바란다. 우리 어른들도 '노래방이 아니어'도 멍석만 있으면, 또 멍석 없이 마당만 있으면, 또 멍석도 마당도 아니어도 논두렁이나 오솔길에 서기만 해도 춤사위가 흐드러지고 노랫결이 피어날 수 있다.

《영리한 공주》(다이애나 콜즈)라는 조그마한 어린이책에 나오는 '똑똑한 가시내'는 스스로 모든 삶을 배웠고, 모든 살림을 지으며, 모든 사랑을 나눈다. 이 똑똑한 가시내는 세 가지 꿈을 들어 준다는 말에 '물감'하고 '바늘'하고 '종이'를 바랐다. 그림을 그리고 옷을 지으며 이야기를 쓴다. 우리한테는 무엇이 있어야 할까? '귀농자금이 더 많이 있어야' 할까? '자가용이나 농기계를 더 많이 갖추어야' 할까? '인문 지식이나 철학 지식을 더 많이 머릿속에 담아야' 할까?

2024.3.1. '책'이라는 글씨

두 다리로 의젓하게 '책'이라는 글씨를 찾아나서며 살았다. 어느 마을 어느 골목쯤에 책집이 있나 그리면서 두 다리로 씩씩하게 걸었다. "못 보고 지나쳤는지 몰라" 하고 생각하면서 모든 골목을 다 걸으려 했다. "어떻게 골목을 그리 환히 꿰슈? 젊은 양반이 택시기사보다 길을 더 잘 아네? 택시기사를 해도 되겠구만." 하는 말을 들을 적에는 "저는 운전면허를 안 땄어요. 걸어다니려고요. 책을 읽으려면 손잡이를 쥘 수 없고, 또 그때그때 떠오르는 글을 쓰려면 더더구나 손잡이를 못 잡아요." 하고 대꾸했다. 눈을 밝혀 '책'이라는 글씨를 찾으려고 했다. 알림판을 내걸지 않은 헌책집도 많기에, 더욱 눈을 밝혀 '책'이라는 글씨를 알아보려고 했다.

먼먼 곳에서 "어! 저기에 '책'이라는 글씨가 있구나!" 하고 찾아내면 몇 시간째 걷느라 퉁퉁 부은 다리에 새힘이 솟는다. 마을에 깃든 헌책집은 하나같이 작았다. "이 작은 헌책집을 찾으려고 몇 시간을 이 골목 저 골목 헤맨 사람은 처음 봤네?" 하고 너털웃음을 짓는 헌책집지기님한테 "이곳을 오늘까지 지켜 주셔서 고맙습니다." 하고 여쭈었다.

언제 어디에서나 두어 시간은 가볍게 책을 읽고, 서너 시간은 우습게 책을 살피니, "여보게, 배고프지도 않은가? 하긴, 책 좋아하는 분들은 책만 보면 배가 부르다고 하더니, 딱 자네하고 어울리는 말이네. 그래도 나 혼자는 심심하니 다음에 또 와서 더 보시고, 오늘은 그만 내

옆에 앉아서 이바구 좀 들으시면 어떤가?" 하고 옷소매를 붙잡는 분이 제법 계셨다. 해가 기울며 가게를 닫을 즈음엔 혼자서 술 한 모금 홀짝인다는 늙수그레한 헌책집지기 아재나 할배한테서 곧잘 옛이야기를 들었다.

"옛날엔 좋았지. 옛날엔 책만 들여놓으면 다 팔렸는데, 요새는 들여놓는 책보다 버려야 하는 책이 더 많아. 그나저나 젊은 양반은 이런 고리타분한 책이 뭐가 좋다고 읽는가?" "사장님도 아시겠지만, 겉으로는 허름하고 고리타분해 보여도, 막상 펼쳐서 읽으면 새길을 일깨우는 오랜 슬기를 이 헌책에서 찾아낼 수 있잖아요. 그래서 사장님도 이 일을 놓지 못하고 고이 이으시지 않나요?" 나무가 오랠수록 마을이 깊으면서 아늑하다. 마을책집이 오랠수록 마을빛이 환하면서 포근하다.

2024.6.11. 우리 집 두꺼비

우리 집에는 개구리도 두꺼비도 함께산다. 우리 집에는 구렁이도 뱀도 함께산다. 우리 집에는 작은새도 큰새도 함께산다. 우리 집에는 나비도 애벌레도 함께산다. 우리 집에는 해도 바람도 비도 찾아든다. 우리 집에는 별도 무지개도 노을도 깃든다. 큰고장하고 서울에서 서른두 살까지 살았다. 서른세 살부터는 아이들하고 시골에서 지낸다. 작은아이 나이에 한 살을 더하면 시골내기로 보낸 나날이니, 아이들하고 품는 시골집 숨빛이란 하루하루 우리 이야기를 가꾸는 밑거름이라고 느낀다.

어릴 적부터 "나무를 심어서 '우리 집 나무'라고 이야기할 수 있는 보금자리"를 누리는 꿈을 그렸다. 아직 큰고장하고 서울에서 지내던 무렵에는 둘레에서 빙글빙글 웃으면서 "서울에서 마당 있는 집을 꿈꾼다고? 돈 많이 벌어야겠네? 서울에서 나무를 심는 마당을 건사하려면 네가 쓴 책을 100만 자락은 팔아야 하지 않아?" 하면서 놀렸다. 곰곰이 생각해 보니, "우리 집 나무하고 살아가는 숲집"을 그릴 노릇이더라. 그래서 '우리 집 나무' 곁에는 '우리 집 두꺼비'가 있어야겠고, '우리 집 구렁이'에 '우리 집 제비'에 '우리 집 범나비'에 '우리 집 매미'에 '우리 집 미리내'가 나란해야겠다고 느꼈다.

곰곰이 보면, 그리 멀잖은 지난날에는 큰집이건 작은집이건, 가멸집이건 가난집이건, 누구나 '우리 집 나무'하고 '우리 집 두꺼비'하고 '우리 집 미리내'를 누렸다. 멀잖은 지난날에는 누구나 트인 하늘을 맞이했고, 아침저녁으로 파란하늘을 누렸다. 오늘날에는 가멸집이 아니고서는 하늘을 보기 어렵다. 서울이나 부산이나 인천만 가 보더라도 높다란 잿집이 하늘을 틀어막는다. 하늘을 보면서 걸으려고 하면 가게에 부딪히고 사람물결에 휩쓸린다.

내가 그리는 꿈에는 '우리 집 물잠자리'에 '우리 집 반딧불이'가 있다. '우리 집 바람님(요정)'도 있고, '우리 집 깨비'에다가 '우리 집 숲아씨(마녀)'까지 있다. 나는 그린다. 나는 꿈씨를 심는다. 나는 오늘을 가꾼다. 나는 이 하루를 노래한다. 나는 날갯짓하는 마음으로 뚜벅뚜벅 걸으면서 푸른별을 푸르게 느끼고 파란별을 파랗게 마시려고 한다.

작게 자근자근 살리고 싶기에 잔소리를 한다. 잔소리란 잔말이기도 하지만 '잔꽃'과 '잔노래'이기도 하다. 잔소리를 들려주고 듣다가 문득 쉬려고 자리에 누우면 잠들 텐데, 꿈누리를 누비면서 고즈넉이 마음을 다스리고 몸을 달랜다. 숱한 잔소리를 어떻게 재워서 새롭게 일깨울 적에 즐겁고 아름다울는지 생각한다.

가꾸고 일구기를 바라는 뜻으로 살짝 뾰족하게 찌르듯이 꾸중을 하고 꾸지람을 한다. 꾸중이나 꾸지람은 꾸준히 듣는 뾰족말이다. 자꾸자꾸 되풀이하는 잘못을 제발 제대로 느끼라는 뜻으로 좀 뾰족하게 찌르는 말인 꾸중과 꾸지람이다. 이 꾸중을 들으면서 일깨우고 일구라는 뜻이다. 이 꾸지람을 스스럼없이 받아들이면서 가꾸고 갈고닦아 새롭게 서라는 뜻이다.

잔소리나 꾸중이란, 다른 낱말로 나타내자면 '비평'과 '평론'이다. 오늘날 우리는 서로서로 얼마나 잔소리나 꾸중을 주고받는가? 잘못했기에 타박할 수 있고, 잘못한 나랑 너를 서로 탓할 수 있다. 타박이나 탓이나 타령은 하나도 안 나쁘다. 재거름처럼 재울 수 있는 소리이다. 밑거름처럼 살릴 수 있는 말씨이다.

잔소리나 꾸중을 안 하는 이들은 으레 나래를 꺾는다. 날개를 분지르더라. 나도 너도 서로 어떤 허물을 뒤집어쓰고 살아가는지 느껴야 허물벗이를 한다. 너도 나도 서로 어떻게 꿈을 그려야 하는지 생각해야 고치를 틀어서 긴긴 잠을 누비다가 날개돋이를 한다.

잔소리를 해야 작게 알아보고 눈을 틔워서 날아오른다. 꾸중을 해야 꾸준히 곱씹고 되새기면서 꿈을 키우는 얼을 차린다. 잔소리와 꾸중이 사라지는 이 나라는 캄캄하다. 잔소리와 꾸중을 사랑으로 주고받을 줄 아는 마음이라면, 이제부터 '이야기'로 거듭나서 서로 도란도란 말꽃을 피우고 살림노래를 펼 수 있다.

아직 혼살림을 지피던 무렵에 으레 둘레에 들려주기도 하고, 손수 쓰기도 한 글자취를 더듬는다. 혼살림을 꾸리던 날이어도 '나중에 내가 아이를 낳아 돌보면?'이라는 생각을 늘 했다. 난 아이들 앞에서 어떤 어버이로 이야기를 들려주거나 말을 섞을 만한지 곱씹었다.

책글(서평)을 쓸 적에는 반드시 '사서읽기'를 해야 한다고 여겼다가, 이 다짐을 허물기로 하던 즈음 남긴 글을 돌아본다. 가만히 보면, 나는 일찍부터 '서서읽기'를 했다. 책을 살 돈이 그냥 없어서 책집에 가도 그냥 '서서읽기'를 했다. 둘레에서 숱한 사람들이 아무렇지 않게 '사서읽기'를 할 적에 속이 쓰리기도 하고, 부러워하기도 하고, 시샘도 자꾸자꾸 했다.

속쓰림에 부러움에 시샘은 차츰 걷혔다. '사서읽기'를 할 만큼 돈이 넉넉하더라도 '책눈(책을 고르고 읽고 새기고 익히며 살림하는 눈)'이 누구나 밝지는 않을 수 있는 줄 알아챘다. 책은 넉넉히 사서 읽는다지만, 정작 사랑이나 살림이나 숲하고는 등진 사람을 수두룩하게 만나고 마주했다.

나는 내 길을 걸어가되, 한 갈래 길만 안 간다. 나는 즐겁고 아름다우면서 사랑스러울 숲길을 갈 뿐이다. 온누리에 숲길이 하나뿐이겠는가? 이 나라에 숲길이 하나만 있겠는가? 숱한 숲길이 있다. 다 다른 사람은 다 다르게 사랑길을 낸다.

'사서읽기' 곁에 '서서읽기'를 둔다. 아니, '서서읽기'가 있기에 '사서읽기'가 태어난다. '거듭읽기'에 '다시읽기'라든지 '겹쳐읽기'에 '마음읽기'를 한다. '하늘읽기'하고 '풀꽃읽기'를 누리다가, '바람읽기'에 '사랑읽기'를 한다. 다만, 내가 안 하는 길이 있다. '빌려읽기'만큼은 아예 안 한다.

2024.7.24. 흔들리는 글씨

시골버스가 제때 오는 일이란 없다만, 오늘 07:05 버스는 07:26에 비로소 들어온다. 고흥읍에서 07:43 광주 가는 버스를 놓친다. 08:23 버스를 기다린다. 멀뚱히 기다리다가 놓쳐야 했다면, 옆마을로 걸어가면 되었을 텐데 싶다.

버스일꾼도 늦을 날이 있겠지. 그러나 늘 어기고 언제나 어긋나는 버릇을 안 고친다면, 군수나 공무원이나 정치꾼은 군내버스를 아예 안 타느라 모른다면, 이런 시골은 곧 사라질 만하다. 고흥군은 버스나루에 "금연. 과태료 10만 원"이라 나붙이기는 하되 버스일꾼부터 뻑뻑 담배를 태우고, 늙수그레한 이들은 가래침과 담배를 아무렇지 않게 쏟아낸다.

왜 시골아이가 시골버스를 멀리하고 다들 일찌감치 떠나고, 20살 뒤에는 이 시골을 싹 잊고서 서울이나 큰고장으로 가버리겠는가. 서울이라고 해서 "어른다운 어른"이 있거나 많지는 않겠으나, 시골은 참말로 어디에서 어른스러운 빛을 찾아야 할는지 까마득하다. 어린이가 보고 배울 어른은 누구이고 어디에 있는가? 그대는 어른인가? 나이만 쌓은 허수아비는 아닌가?

흔들리는 시골버스를 타고서 읍내로 나오는 아침길에, 서서 노래 석 자락을 썼다. 글씨가 춤춘다. 아니, 흔들리는가. 아니, 글씨가 우는가.

2024.8.24. **말모이**

전주서 진주로 건너가는 아침에 기차에서 적는다.

1982년에 들어간 어린배움터에서는 주시경을 따로 가르쳤다. 그즈음에는 세종임금보다 주시경 님을 높이 여겼다고 느낀다. 아무렴, 마땅한 일인데, 주시경 님은 우두머리가 아닌 우리 곁에서 나란히 숨쉬며 살던 어른이자 홀로서기(독립운동)에 나선 분이다.

어느 때부터인지 독립운동가 이름에서 슬그머니 주시경을 숨더니, 세종임금만 높이 받드는 모임과 나라(정부)가 또아리를 틀고, 한글과 말모이를 아예 지우다시피 하는 일까지 벌어졌다.

따로 영화 〈말모이〉가 안 나왔다면 감쪽같이 잊힐 수 있었다. 그런데 영화 〈말모이〉가 나오기는 했되, '한글과 말모이와 주시경'이 아닌, '조선어학회와 큰사전과 말모이'라는 다른 이름이 오히려 크게 나부낀다.

남북녘 말글지기(언어학자)는 다 주시경한테서 배웠을 텐데, 남녘도 북녘도 저마다 끼리끼리 학벌과 단체로 갈려서 그들 밥그릇으로 치닫는다.

그러고 보면, 주시경 님을 빼고는 말글지기는 하나같이 어렵게 글을 썼고 한문을 사랑했다. 허웅과 몇몇 분을 빼고는 그야말로 '한문범벅 국어학'을 할 뿐이라고까지 할 수 있다.

왜 '사전'이라 안 하고 '모이'라 했을는지 우리 스스로 생각할 노릇이다. '사전'은 일본말이거든. 군사제국주의로 쳐들어온 일본이 휘두르는 낱말을 어찌 함부로 쓰겠는가? 더구나 '국어국문학'이란 이름은 "군사제국주의 일본"이 새로 엮은 말이고, '국어국문학 = 일어일문학'이다. 이 얼거리가 거의 100해에 이르며 우리나라와 일본을 휘감았고, 이제 일본은 '국어국문학'이라는 군사제국주의용어를 안 쓴다.

말모이가 왜 말모이였는지, 이 작은 말씨 한 톨을 이 땅에 심으려고 오지게 땀흘린 어른을 헤아릴 수 있을 때라야, 우리는 저마다 스스로 참다이 살림눈을 뜨고 어깨동무를 이루는 새길을 걸을 만하지 싶다.

나는 걷는다. 등짐에 책을 잔뜩 담고서 뚜벅뚜벅 걷는다. 지난날 주시경 님이 주보따리로 살던 길을 더듬는다. 나는 아무래도 숲보따리로 천천히 걸어간다고 느낀다. 나무한테서 받은 종이에 이야기를 얹은 책을 읽고 쓴다. 손으로 종이에 노래를 쓰고서 이웃한테 건넨다.

나는 또 쓰고 새로 짓는다. 옛어른은 말모이를 일구려 했으니, 나는 말숲을 가꾸려고 한다. 말꽃을 피울 말씨를 심고서 숲노래를 부르려고 한다.

숲길을 찾던 발자국
1994년부터 2024년까지

들숲에는 나비로 깨어나려는 꿈으로 잎갈이를 하는 애벌레가 있다. 책숲에서 '책나비'로 깨어나고 싶은 살림길을 짓는 책벌레 서른걸음을 끄적여 본다.

1994년

· 어버이한테서 받은 '최종규'라는 이름을 내려놓고서, '함께살기'라는 이름으로 나를 나타내려고 한다. "함께 살아가는 길"을 줄인 이름이다.

· 인천에서 고등학교를 마친다. 서울 이문동에 있는 한국외국어대학교 네덜란드어학과에 새내기로 들어간다. 대학교에서는 〈우리말 연구회〉라는 동아리에 들어갔고, 〈the Argus〉라는 외대영자신문사에 붙었다. 이밖에 '장학퀴즈 출연자 모임'인 〈수람〉에서도 뭔가 맡아야 했고, '재경 인항고·인명여고 연합 동문회'에서 회장을 맡아야 했다. 한꺼번에 네 가지를 다 맡기는 벅차서, 무엇을 그만두어야 할까 헤매다가 외대영자신문사를 그만두기로 했다. 이무렵에 〈the Argus〉 취재기자 시험은 서울대 들어가기보다 어렵다고 했기에, 학과 동기나 선배도, 둘레에서도 "너 진짜 미쳤구나?" 하고 혀를 내둘렀다.

· 〈수람〉이라는 모임에 나가다. 고등학생 때에 얼결에 '장학퀴즈'에 나간 적이 있다. 같은 중학교를 나왔으나 다른 고등학교로 들어간 동무가 '장학퀴즈'에 나가고 싶다고 해서, 동무가 방송에 나갈 적에 방청석에 앉아서

지켜봐 주었고, 그때 방송국 피디가 "자네도 한번 예심(출연 희망자 능력테스트)을 보겠나?" 하고 물어보기에 "재미삼아서 해보지요." 하고 시험을 보았고, 이내 잊었다. 그런데 어느 날 갑자기 방송국에서 연락이 와서는 "다음주에 녹화해 줄 수 있나요? 다른 출연자가 구멍이 나서……." 하더라. 얼결에 아무것도 안 챙기고 못 살핀 채 어영부영 나간 적이 있다.

· 1993년까지는 인천에 있는 헌책집을 이레마다 이틀씩 다녔다면, 1994년부터는 서울 곳곳에 있는 헌책집을 한 군데씩 찾아나섰다. 여러 동아리나 동문회나 〈수람〉 모든 언니들한테 "아는 헌책집 있나요?" 하고 여쭈었는데, 두어 사람만 헌책집이 어디 있는 줄 알려주었고, 다른 모든 언니는 그들이 다니는 대학교 앞에 헌책집이 있는 줄조차 모를 뿐 아니라, 헌책집으로 책을 사거나 읽으러 다닌다는 생각마저 못 하더라.

· 대학교 동아리도, 장학퀴즈 출연자 동아리도, 동문회도, 어쩐지 모두 마음을 갉는 굴레라고 느꼈다. 이러다가 12월 29일에 〈우리말 한누리〉라는 이름으로 혼자서 동아리를 차렸다. 피시통신 '나우누리'에서 열었다.

1995년

· 통번역이라는 길을 가려고 한국외대에 들어갔고, 영자신문사에 들어가기도 했고(그만두었지만), 아무래도 통번역가가 없거나 모자랄 듯한 네덜란드 어학과에 들어갔지만, '네·네사전'이나 '네·영사전' 하나 변변하게 없는, 더구나 '네·한사전'은 이제 한창 원고입력을 하는 허술한 얼거리에 진절머리가 났고, 여러 교수가 보여주는 엉성한 수업에 부아가 터졌다. 나는 헌책집을 다니면서 '네·네사전'하고 '네·영사전'하고 '네·라사전(네덜란드·라틴어사전)'까지 세 가지를 찾아내었다. 왜 교수마저 나한테서 사전을 빌려서 쓰는가? 너무 싫었다. 이런 대학교라면 그만두어야겠다고 여겼고, 수원병무청에서 신체검사를 받으면서 자퇴를 꿈꾸었다.

- 4월 5일에 어버이집에서 나왔다. 서울 이문동 한겨레신문사 이문·휘경지국에 깃들어서 먹고자면서 신문배달부로 일한다. 새벽에는 신문배달을 했고, 아침부터 저녁까지는 외대도서관에서 근로장학생으로 일했고, 여름방학이 끝난 9~10월에는 외대구내서점에 근로장학생으로 더 일했다.
- 현역 대학생이라면 대학교를 마칠 때까지 군대를 미룰 수 있고, 군대를 미루는 동안 군면제를 알아보기 수월하다고 한다. 그러나 나는 수원병무청에서 뜬금없이 4급현역을 받았다. 오히려 잘된 일이라 여기면서 11월 6일에 논산훈련소에 들어가는데, 논산에서 106 무반동총 주특기까지 더 받고 나서야 강원도 양구에 있는 21사단 백두산부대로 흘러들었다.

1996년

- 1월에 지오피에 들어가다. 여섯 달을 죽은 듯이 살면서 눈치우기와 삽질과 물골내기를 했다. 하루도 삽질을 안 한 적이 없다. 이해 9월에 강원 동해로 북한군 잠수함이 넘어왔고, 이 탓에 9월부터 한 달 남짓 '24시간 무교대 참호 매복 근무'를 해야 했다.
- 싸움터(군대)에서 보내는 하루란, 막말과 주먹질과 발길질로 흠씬 짓밟히면서 열고, 똑같이 막말과 주먹질과 발길질로 잔뜩 뭉개지면서 마무른다. 얻어맞으면서 생각했다. "나는 이렇게 얻어맞지만, 동생을 때리지 않겠어."

1997년

- 지오피에서 나온 뒤에는 '선점'이라는 곳으로 옮겨서 한 해 남짓 지켰다. 지오피나 선점은 여섯 달만 깃든다고 하지만, 다른 중대가 선점에 들어올 수 없어서 얼결에 한참 멧꼭대기에서 꽁꽁 얼면서 살았다. 그래도 선점근

무는 호젓했는데, 드디어 선점에서 내려와서 '펀치볼'이 뻔히 내려다보이는 도솔산 도솔대대 주둔지로 옮겼다. 선점에서 내려왔다지만 이곳도 똑같이 깊은 멧골짝이었다. 도솔대대 주둔지는 해병대 전적비가 놓인 곳이었다. 나는 1997년 12월 31일에 전역을 하는데, '우리나라 마지막 뻬치카 내무반'이 있던 이 주둔지는 1998년 3월에 철거했다고 들었다.

· '서울에 있는 대학교'를 다니다가, 강원 양구 멧골짝까지 끌려오는 육군 보병은 아예 없다는 말을 자주 들었다. 그러고 보면, 멧골짝에 끌려온 또래나 언니나 동생을 보면 '농부'나 '실업자'나 '노동자'가 수두룩했다. 이 나라 싸움터를 버티는 밑자락은 바로 '대학교는커녕 고등학교도 겨우 다닌' 작은이라는 대목을 새삼스레 느꼈다. 내가 '서울에 있는 대학교'에서 여기까지 끌려온 줄 아는 여러 언니는 전역을 앞두고서 "너 김민기 아니?"나 "너 김광석 아니?" 하고 물으면서 〈늙은 군인의 노래〉나 〈이등병의 편지〉를 불러 주기를 바랐다. 한밤에 모두 자는 고즈넉한 곳에서 여러 언니한테 두 가지 노래를 곧잘 불러 주었다.

1998년

· 1월 6일에 피시통신 '나우누리'에 〈헌책방 사랑누리〉를 연다. 나는 날마다 헌책집으로 나들이를 다닐 셈이었고, 마음이 맞으면 헌책집에서 번개나 모임을 하는 동아리라고 할 수 있다. 얼추 이레마다 '헌책집에서 만나서 두 시간 동안 말없이 책만 읽고 고르'고 나서, '뒤풀이 자리로 옮겨 두 시간 동안 신나게 서로 책수다를 떠'는 모임을 꾸렸다.

· 군대에서도 틈을 내어 밤에 잠을 안 자면서 혼자서 〈우리말을 살려쓰는 우리〉라는 혼책(1인 소식지)을 이어서 냈다. 이제는 아주 홀가분히 새롭게 혼책을 쏟아낸다. 때로는 하루에 한 가지 혼책을 엮었고, 하루에 두 가지 혼책을 엮기도 했다. 혼책은 모두 '단골 헌책집'에 놓고서 그냥책(무료배

부)으로 드렸다.

- 한국외대 신문방송학과 수업 네 해치를 두 학기에 욱여넣어서 다 듣다. 네 해치 수업 가운데 '보도사진'이 있었는데, 보도사진을 가르친 허현주 씨가 '사진찍기'를 어떻게 하는지 가르쳐 주었다.
- 한글학회에서 '한글공로상'을 주다. 앳된 젊은이가 〈우리말 한누리〉라는 동아리를 열어서 꾸릴 뿐 아니라, 숱한 혼책(1인 소식지)으로 우리말을 널리 알리는 일을 해온 매무새가 대견하다고 여긴 듯싶다.

1999년

- 대학교는 '자퇴' 아닌 '휴학'으로 했다. 어머니 말씀으로는 '자퇴'를 하면, 우리 아버지가 '교직자 대출'로 빌려서 낸 등록금을 '일시불 반환'을 해야 한다고 하더라. 이 말씀을 듣고는 자퇴계 아닌 휴학계를 내었는데, 내가 신문이나 방송에 '자퇴'를 했다는 말을 좀 떠든 탓인지, 휴학계를 내었어도 우리 아버지는 내 대학등록금을 '일시불 반환'을 해야 했다면서 허둥지둥 매우 힘들었다고 한다.
- 한겨레신문 배달부로 살고 일하면서, 배달자전거로 책집마실을 다닌다. 살림돈이 빠듯하고 셈틀이 없기 때문에, 그만둔 대학교이지만 대학원 건물 컴퓨터실 귀퉁이에 깃들어 글쓰기를 했다.
- 나는 02시에 일어나서 04시 30분이나 05시까지 신문을 돌렸다. 그런데 신문사지국 여러 언니들은 06시나 07시에 일어나서 신문을 돌렸다. 멀쩡히 돌린 나는 날마다 난데없이 '배달사고 전화'를 받느라 고달팠다. 늦어도 05시에 신문배달을 마친 뒤에는, 10대 일간지를 새벽에 읽고서, 지국 언니들과 함께 먹을 밥을 짓고, 그날그날 새로 쓸 글을 먼저 종이에 밑글로 여며야 하는데, 짜증 섞인 신문독자 '배달사고 전화'를 받으면서 도무지 견디기 어려웠다.

- 지난해 10월에 한글공로상을 받은 뒤, 11월부터 '한겨레 광고모델'을 했다. "새벽을 여는 젊은이"라는 이름으로, 내가 새벽에 신문을 돌리는 모습을 사진으로 찍어서 〈한겨레신문〉과 〈한겨레21〉과 〈씨네21〉에 '한겨레 공익광고'로 실었다. 한겨레신문사에서는 앳된 나를 '특채 기자'로 데려가고 싶다고 말을 넣었다. 한겨레신문사는 '학력제한 없음'이라고 알리지만, 정작 고졸이나 중졸이나 국졸 기자는 여태 하나도 없었다고 한다. 마침 내가 첫 '고졸 기자'로 맞춤하다고 여겼다고 하더라. 그렇지만 나는 특채로는 안 들어가고 싶었다. 고졸 신문도 입사시험을 보기 수월하도록 '토익 점수 선제출'을 없애고 '영어 면접'으로 바꾸어 주시면, 특채 아닌 공채로 시험을 치르겠다고 말씀을 여쭈었는데, 한겨레신문사 이사회의에서는 '토익 점수 선제출'을 없앨 수 없다고 해서, 그러면 특채로도 안 들어가겠다고 했다.

- 아침 6~7시에 일어나는 신문사지국 언니들을 보아줄 수 없던 터에, 보리출판사에서 '학력제한 없음'을 걸고서 편집부 직원을 뽑는다는 알림글을 보았다. 보리출판사에 자기소개서하고 입사원서를 넣었고, 서류로 붙었다. 얼굴보기(면접)를 하러 오라고 전화가 왔기에 "면접에는 어떤 차림새로 가야 하나요? 저는 신문배달부라서 신문배달을 하는 옷밖에 없는걸요." 하고 여쭈었다. 보리출판사에서는 "평소에 입는 차림으로 편하게 오시면 돼요." 하고 말하더라. 그래서 새벽에 신문배달을 하는 차림새 그대로, 다만 배달자전거로 이문동부터 서교동까지 가지는 못 하고, 전철을 타고서 갔다. 신문을 돌리자면 한겨울에도 땀을 소나기처럼 흘린다. 그래서 자전거로 신문을 돌리는 사람은 가볍게 입는다. 얼굴보기를 하는 자리에 민소매에 반바지를 입고서 갔다. 편집부 사람들과 출판사 부장들과 사장 모두 책상을 치면서 크게 웃기에 속으로 '이 사람들 떼거지로 미쳤나? 신문을 돌리는 차림새 그대로 오라고 해서 그대로 왔더니, 왜 옷차림

을 보고서 웃어?' 하는 생각이 들었다. 보리출판사 편집부에서는 내가 너무 튀어서 편집부장과 편집차장 말을 영 안 들을 놈 같아서 못 뽑겠다고 했고, 윤구병 씨는 이 출판사에서 안 튀는 녀석이 어디 있느냐고, 저렇게 튀는 놈이야말로 재미있는 편집부원이니까 뽑자고 밤새워 말다툼을 했다고 들었다. 마침내 편집부원은 다른 사람을 뽑기로 하고, 나는 영업부원으로 뽑아서 1년 동안 '책마을 일꾼으로 공부를 시키'고, 이듬해에 《보리 국어사전》 새 편집실 첫 직원으로 뽑기로 하는 데에서 매듭을 지었다고도 들었다.

· 첫 이야기꽃(강의)을 폈다.

2000년

· 수습(비정규직) 1년이라는 조건으로 보리출판사 영업부에서 일하다. 막상 영업부에 들어와서 출판사 속을 들여다보니 빈구멍투성이였다. 보리출판사에 들어오기 앞서 이곳에서 펴낸 책을 3/5쯤 미리 읽었고, 일하는 동안 나머지를 다 읽었다. 그런데 보리출판사에서는 정작 '보리출판사에서 펴낸 책'을 다 읽은 사람이 나 하나뿐이더라. 편집부조차 '편집담당자로서 스스로 편집한 책'만 읽을 뿐, '다른 편집부원이 편집한 책'을 안 읽더라. 이러다 보니, 노동절이나 도서전 같은 데에 길장사(가판)를 나가더라도 다들 책을 못 팔기 일쑤였더라. 나는 첫 길장사를 나가서 100만 원 조금 넘게 팔았는데, 스스로 너무 부아가 났다. 고작 100만 원어치밖에 못 파나 싶더라. 가지고 나온 책을 다 팔고서 빈손으로 돌아가려고 했는데, 책이 너무 남았다. 그런데 출판사에서는 "어떻게 가판으로 100만 원 넘게 팔아? 미쳤어?" 하더라. 이다음에 길장사를 나가서는 200만 원을 넘겼다. 이다음부터는 400만 원도 600만 원도 팔았다. 나로서는 이미 다 읽은 책을 파니까, 어느 손님한테 어느 책이 어울릴 만하다고 알려줄 수 있

으니, 책을 팔기가 매우 쉬웠다. 게다가 길장사를 할 적에는 이웃 출판사하고 나란히 나가는데, 나는 내가 일하는 보리출판사 책만 팔지 않았다. 실천문학사 책도 팔아주고, 우리교육 책도 팔아주고, 현암사나 두레나 사계절 책도 팔아주었다. 거기에 가서 팔아주지는 않았다. 이웃 출판사가 어떤 책을 들고 나왔는지 다 돌아보고 나서, '보리출판사 책을 사러 온 손님'한테 '보리 책' 가운데 마음에 드는 책이 없을 적에는, "그러면 우리교육에서 나온 어느 책이 있는데, 마음에 들 만하답니다." 하고 이웃 출판사로 넘겨주었다. 이리하여, 길장사를 나가서 보리출판사 책뿐 아니라 이웃 출판사도 쏠쏠하게 책을 같이 잘 팔도록 북돋았는데, 나중에 일터로 돌아오니 "아니 너는 왜 다른 출판사 책을 팔아주고 그래? 그렇게 시간이 남아?" 하고 마구 욕을 하더라. 얌전히 듣다가 "사장님, 오늘은 500만 원 팔았습니다." 하고 여쭈면 "그래 기껏 500만 원 팔고는, 아니 뭐? 500만 원? 거짓말 아냐? 어, 어, 진짜네. 어, 우리 책 잘 팔았구나. 그래, 내가 잘못 봤네. 미안하다." 하면서, 창피한지 말을 돌리고서 달아나시기도 했다.

· 길장사(가판)는 2000년 서울국제도서전에서 꼭지를 찍었다. '하루 1000만 원'과 '하루 1000권'을 이루었다. 다만, 하루에 1000만 원어치나 1000권을 팔면, 일을 마친 저녁에는 입이 부르트고 무릎이 휘청거렸다. 1분도 자리에 앉을 수 없이 쉴새없이 책소개를 하고 50원과 10원짜리를 써서 책값을 치르고 정산을 했으니까.

· 출판사 일을 그만두고 나니 기운이 다 빠졌다. 새삼스레 진저리가 났다. 7월부터 11월까지 손전화를 꺼놓고 살았다. 그런데 이제 실업자가 되었기에 살림돈이 없는 터라, 여태 알뜰살뜰 모았던 책을 주섬주섬 팔아서 입에 풀을 발랐다.

· 12월에 윤구병 씨가 나한테 찾아왔다. 보리 사람들은 잊어버리라고 하면서, 윤구병 씨랑 나랑 둘이서 《보리 국어사전》을 새로 엮자고 살살 구스

르는 말씀을 하셨다. 곰곰이 듣고 보니 틀린 말은 아니라고 여겨서, 이듬
해 1월 1일부터 함께 일하기로 했다.
· '헌책방 사진 전시회'를 처음으로 열다.

2001년
· 1월 1일부터 《보리 국어사전》 편집장·자료조사부장을 맡다. 날마다 '자료
수집비'로 20~30만 원을 쓰면서 '사전집필 기초자료'를 사들였다.
· 사전집필 기초자료를 사러, 윤구병·김미혜 씨하고 셋이서 일본 간다 책거
리와 크레용하우스와 학우서방을 다녀오다. 처음으로 날개(비행기)를 타
고서 이웃나라를 돌아보았다. 나는 '짐꾼'으로서 200킬로그램이 넘는 책
더미를 혼자 이고 지고 끌고 나르면서 우리나라로 돌아왔다.
· '헌책방 사진 전시회'를 잇달아 열다. 다만, 헌책집을 찍은 사진은 헌책집
에 거는 얼거리로 열었고, 전시회를 마친 뒤에는 이 사진을 책집지기와
책손님한테 그냥 나누어주었다.

2002년
· 날개를 타고서 중국 연길을 다녀오다. 중국 연길에서는 연변조선족 책과
북녘책을 길(노점)에서 살 수 있다. 또한 연변인민출판사에서 책을 대주
었다. 짐꾼으로서 혼자서 다녀왔다.
· 1999년 여름부터 '서울 종로구 평동'에 있는 '나무로 지은 적산가옥 2층'에
살았는데, 가까운 다른 곳으로 삯집을 옮기다.

2003년
· '네이버·오마이뉴스' 두 곳이 나 몰래 저작권 도용·침해를 한 줄을 열 달
이 훨씬 지나고서야 알아채다. 오마이뉴스는 내가 글을 쓰고 사진을 찍

은 "헌책방 나들이"를 놓고서, 꼭지마다 글삯 2000원을 '시민기자 원고료'로 주었을 뿐인데, 마치 오마이뉴스에 저작권이나 저작송출권이 있다는 듯이 네이버에 열 달 넘게 내 글과 사진을 팔았더라. 또한 네이버는 마치 네이버 스스로 "헌책방 나들이"를 기획하고 취재해서 글과 사진을 엮어서 'n매거진'을 엮었다는 듯이 장사를 했구나. '네이버·오마이뉴스'를 나란히 저작권침해를 따지는 소송을 걸어야겠다고 여겼는데, 둘레에서 모두 말렸다. 소송을 걸면 천만 원이 넘는 손해배상을 받아내겠지만, '네이버·오마이뉴스'는 내가 죽는 날까지 날 잡아먹으려고 하지 않겠느냐고, 제발 그만두라고 말리더라. 그래도 끝까지 싸우려고 하다가, 끝내 그만두었다. 다만, 소송을 걸지 않았으나 '네이버·오마이뉴스'는 나한테 잘못했다는 말을 벙긋조차 하지 않았다. 구렁이가 담을 넘어갔다.

• 《보리 국어사전》을 엮는 한복판에 이르다. 이제 기초자료 수집과 정리를 거의 마치고서 올림말을 고르면서 뜻풀이하고 보기글을 붙일 즈음인데, 출판사 관리와 회계를 맡은 사장님은 자꾸 편집에 끼어들려고 하셨다. 사장님은 처음에 '편집에 끼지 않기'를 다짐했지만 "나만 일을 안 하니까 하루가 너무 심심해. 나한테도 일감을 줘." 하면서 닦달했다. 2001년부터 이 때문에 늘 부딪혀야 했고, 2003년 8월에 이르러 도무지 견딜 수 없다고 여겨 그만두기로 한다.

• 사전 편집을 어떻게 하는지 추슬러 놓는다. 이제 일터에서 할 일은 없지만 8월 31일까지 나와야 한다. 이러다가 8월 25일 새벽에 이오덕 어른이 숨을 거두었다는 얘기를 듣는다. 일터에 나와도 할 일이 없던 터라, 둘레에서 '이오덕 추모글'을 어떻게 썼는지 살피는데, 모든 분이 "내가 바로 이오덕 직계 제자요!" 하고 자랑하는 듯했다. 이오덕 어른은 제자 한 사람 못 두었구나 하고 느끼면서, 마지막으로 일터에 나오는 8월 31일까지 "내가 읽은 이오덕 님"이라는 글을 글종이(원고지)로 치면 700자락 즈음 써서

오마이뉴스에 띄우고서 손전화를 껐다.

· 9월이 저물 즈음 한 달 만에 손전화를 커니 대뜸 울린다. 이오덕 어른 큰 아드님이 한 달 내내 전화를 했다고 밝힌다. "우리 아버지를 기리는 글을 잘 봤다"면서, 이 글을 쓴 내가 궁금하다고, "무너미마을에 와서 아버지 무덤에 절을 할 수 있겠느냐"고 물으신다. 그러마 하고 이튿날 찾아갔다. 이오덕 어른 큰아드님은 이날 나한테 "아버지가 남긴 글과 책을 정리해 주기"를 바란다는 말씀을 했다. 나는 이제 책마을 일은 신물이 나고 들여 다보기도 싫었으나, 어쩐지 이오덕 어른을 둘러싼 일에 걸맞을 다른 사람 이 하나도 안 떠올랐다. 그래서 "세 해쯤 걸리겠네요." 하고 여쭈었다. 일 을 맡겠다 안 맡겠다가 아닌, 이 일이 어느 만큼 걸릴는 지 어림한 이야기 를 했다.

· 한길사는 이오덕·권정생 두 분이 주고받은 글월을 몰래 책으로 펴냈다. 나중에 알고 보니, 한길사 대표가 이오덕 어른한테 "두 분이 주고받은 글 을 좀 볼 수 있을까요?" 하면서 여섯 달 넘게 졸라댔다고 한다. 이오덕 어 른은 여섯 달 넘게 시달리다가 "그러면 구경만 하고 바로 돌려주십시오." 하고 보여주었는데, 한길사에서는 여섯 달이 넘도록 안 돌려주었다지. 겨 우 글월꾸러미를 돌려받았으나, 이오덕·권정생 글월꾸러미를 책으로 낼 마음이 없었다고 한다. 권정생 님은 "내가 죽고서 오십 년 후라면 내도 좋 습니다"라 했고, 나중에 "삼십 년 후라면 됩니다"라 했다가, 마지막으로는 "오십 년이나 삼십 년은 너무 긴 듯하니, 십 년 뒤에라면 우리 이름을 다 잊을 테니까, 그때쯤이면 되겠습니다." 하고 말씀했다고 한다. 이리하여, '무단출간 한길사'하고 싸우느라 한참 시달리고 고된 나날을 보냈다.

2004년

· 처음에는 '어른이 남긴 글과 책'만 추스르면 될 일이라고 여겼다. 그런데

이오덕·권정생 두 분이 낸 책을 놓고서 적잖은 출판사가 거짓말을 하거나 계약서를 속이거나 무단출간을 하거나 글삯을 떼먹기 일쑤였더라. 뒤틀린 수렁을 바로잡느라 애먹은 한 해이다.

· 국립국어원 한글문화학교 국어순화 부문 강사를 여러 달 한다. '양복'차림이어야 한다기에 처음에는 양복을 입어 보았더니 숨막혀서 죽는 줄 알았다. 이다음부터는 민소매에 반바지 차림으로 두바퀴(자전거)를 타고서 갔다. 국립국어원 쪽에서도, '한글문화학교 국어순화 강의'를 듣는 분들도, '강사가 예의없는 차림'이라면서 말이 많았다. 그런데 '강의'란 '이야기'를 듣고서 배우는 자리일 뿐, '강사 옷차림 구경'을 하는 자리가 아니다. 강사 옷차림이 보고 싶지 않다면 "눈을 감고서 제 말소리만 들으십시오" 하면서 이야기를 했다. 책을 읽을 적에 글쓴이 옷차림이나 재산이나 집을 떠올리지 않듯, 강의라는 자리에서도 강사 차림새나 얼굴이나 몸매를 따질 일이 없다. '양복에 구두'를 차려입고서 '까만 자가용'을 몰고서 강의를 하러 와야 한다면, 여태까지 국립국어원은 무슨 강의를 했다는 뜻일까? 알맹이 없는 허울만 읊었다고 밝히는 셈 아닐까?

· 첫 책인《모든 책은 헌책이다》를 내놓다. 내 책은 안 쓰려고 했지만, 이오덕 어른 큰아드님 말씀으로는 내 책이 따로 있어야 '이오덕 유고 정리자'를 둘레에서 안 얕본다고 하더라.

· 부산 보수동책골목에서 "책은 살아야 한다"는 이름으로 책잔치를 연다. 2004년에 1회인데, 이때부터 '헌책방 사진 전시회'를 해마다 가을이면 부산에서 열면서 책잔치를 돕다.

2005년

· 대안학교 〈민들레 사랑방〉 책읽기·글쓰기 강사를 맡는다. 아이들이 글을 어떻게 쓰면 될는지 짚어 주면서 만나다가, 함께 두바퀴를 타고서 제주섬

을 돌기도 했다. 대안학교 글쓰기 강사를 맡으면서 돌아보노라면, 제도권
학교이건 대안학교이건 집이건, 아이들 목소리에 가만히 귀를 기울여서
듣는 어른·어버이·길잡이가 없구나 싶더라. 먼저 목소리를 듣고서 가르
치거나 이야기를 펴야 할 텐데, 다들 먼저 너무 아이들한테 지식을 욱여
넣으려고 한다고 느꼈다.
· 이오덕 어른이 남긴 '아리랑나라'라는 출판사 이름으로 이오덕 어른 책과
권정생 어른 책을 투박하게 엮어서 펴낸다.

2006년

· 한 해 동안 두바퀴(자전거)로만 다니기로 한다. 버스도 전철도 아예 안 타
다시피 하면서 두바퀴만 달린다. 겨울부터 겨울까지 달린다. 충북 충주
부터 서울까지는 155킬로미터이더라. 이 길을 이레마다 달렸다. 충주에
서 서울로 갈 적에는 빈수레를 두바퀴에 붙였고, 서울에서 충주로 돌아갈
적에는 빈수레에 책을 200~300자락쯤 싣고서 달렸다. 그래서 충주에서
서울로 갈 적에는 네 시간 반 즈음 걸렸고, 서울에서 충주로 돌아올 적에
는 아홉 시간 남짓 걸렸다.
· 내가 쓴 둘째 책인《헌책방에서 보낸 1년》을 선보이다. 기자를 만나서 '헌
책방 인터뷰'를 하기 싫어서 쓴 책이다. 그저 이 책을 읽고서 기자들 스스
로 생각을 해보라는 뜻이라고 할 수 있다. 이 책에는 '전국 헌책방 목록'과
'서울 헌책방 목록'을 권말부록으로 달았다.

2007년

· 이오덕 어른이 남긴 글을 추스르는 일을 그만두기로 한다. 할 만큼 했
고, 더 이 일을 붙잡다가는 싸움박질로 골아프게 삶을 마무리하겠다고
느꼈다.

- 인천으로 돌아가다. 인천 배다리책거리에 〈사진책도서관 함께살기〉를 4월 15일부터 열다. 4월 5일에 짐을 옮기고서 열흘 사이에 죽어라 짐을 풀고서 책꽂이를 손보았다. 이러면서 '배다리살리기 시민운동'을 함께하다. 인천시는 배다리 한복판에 '왕복 16차선 산업도로'를 마을사람 몰래 꾀하였고, 이 숨은 삽질을 마을사람 세 분이 알아채고서 시청에 따지면서 '배다리살리기'를 하는 물결이 일었다.
- 여태껏 골목길을 거닐기만 하다가, '인천 골목길'을 사진으로 담자고 생각하다. 인천으로 '출사(사진찍는 그날치기 모임)'를 오는 분들이 찍어대는 '인천 골목길 사진'은 하나같이 '퀴퀴하고 죽어가고 어두운 모습'뿐이더라. 막상 골목마을 골목집에서 안 사는 '아파트 주민' 눈으로 골목길을 바라보면서 찍으려고 하니까, 골목빛을 도무지 안 느끼거나 못 본다고 느꼈다. 골목마을에서 태어나고 자란 사람으로서, 인천으로 돌아와서 골목집에서 다시 살림을 하는 사람으로서, 스스로 골목빛을 사진으로 옮기기로 한다.
- 혼책(1인잡지)인 《우리말과 헌책방》 1호를 내놓다. 2010년까지 10호를 여미었다.

2008년

- 큰아이를 낳다. 큰아이가 태어난 때는 한여름인데 벼락에 비바람이 드세게 몰아쳤다.
- 큰아이를 돌보느라 〈사진책도서관 함께살기〉는 거의 닫아놓고서 달삯만 꼬박꼬박 냈다. 잠도 거의 안 자면서 한 해를 보냈다.
- 큰아이하고 곁님을 돌보는 살림을 짓는 밑돈을 마련하려고, 간행물윤리위원회 주최 '제1회 손안愛서 사진공모'에 사진을 보냈더니 대상을 받았다. 상금 100만 원으로 두 달치 살림돈을 삼았다.

2009년

- 간행물윤리위원회 주최 '2009 우수저작 및 출판지원사업'에 글을 보내 보았다. 이제는 '출판문화산업진흥원'으로 이름을 바꾼 곳에서 처음으로 '일반 공모'를 하던 무렵이었고, '열 사람'만 뽑아서 상금 100만 원을 주는 제도였다. 이때 열 사람 가운데 하나로 뽑혔고, 이때 받은 상금도 두 달 동안 살림돈으로 삼았다. 이때 넣은 글은 《생각하는 글쓰기》라는 책으로 나온다.

- 살림돈과 〈사진책도서관 함께살기〉 달삯을 대려고, 한글학회 쪽 일을 거들다. '공공기관 홈페이지 언어순화 지원단' 단장을 맡아서 온나라 누리집 2000곳에 쓰인 말씨를 손질해 주었다. 이름하여 '지원단'이기에, '언어순화 지원단'은 모두 쉰 분이었는데, 막상 이 일을 맡고 보니, '단장 혼자'서 2000곳에 이르는 누리집 글자락을 모두 살펴서 다듬고 바로잡고 고쳐야 하더라.

- 《자전거와 함께 살기》라는 책을 내놓는다. 《책 홀림길에서》라는 책도 내놓는다.

2010년

- 한글학회 일이 몹시 고되어 그만두려고 했다. 한 달쯤 쉬면서 집일을 추슬렀다. 한 달 뒤에 다시 일을 맡아서 마무리를 지었다. 일은 어마어마하게 고되었지만, 우리나라 거의 모든 공공기간 누리집을 샅샅이 보았고, 그야말로 얼마나 허술하고 엉터리인지 뼛속으로 느꼈다.

- 곁님이 도시에서 아이를 돌볼 수 없지 않느냐고, 아이가 아이답게 자라는 삶터를 일구면서, 우리 둘은 어버이로서 어버이답게 살림을 가꾸는 터전을 찾아야 한다고 말씀했다. 인천을 떠나기로 한다.

- 인천문화재단에 처음으로 지원사업 공모를 넣어서 800만 원을 받았다.

이 돈을 고스란히 출판사에 맡겨서 '인천 골목길 사진'을 담아내는《골목빛, 골목동네에 피어난 꽃》이라는 책을 내놓다. 출판사에서는 1200만 원을 더해서 이 사진책을 여미었다고 한다.

· 《사랑하는 글쓰기》라는 책하고《사진책과 함께 살기》라는 책에다가《어른이 되고 싶습니다》라는 책을 써낸다. 인천을 떠나서 시골에서 살아갈 밑돈을 모으려고 여러 책을 잇달아 썼다.

· 《아나스타시아》(블라지미르 메그레)라는 책을 만나서 배우다.

2011년

· 작은아이를 낳다.

· 삶터와 책마루숲(서재도서관)을 강원도 춘천으로 옮기려다가 그만두었다. 춘천에는 골프장이 너무 많아서 물이 안 깨끗하리라 여겼다. 전남 고흥으로 길을 틀었다.

· 지난해 2010년에 '철수와영희' 대표님이 찾아오셔서 '보리 국어사전' 일은 잊고서 새롭게 낱말책(사전)을 쓰면 되지 않겠느냐고 말씀했다. 올림말과 뜻풀이와 보기글이 너무 엉성하게 나온 '보리 국어사전'이었기에, 첫 편집장을 맡은 지난날이 부끄럽다고만 여겼는데, 스스로 새로 쓰면 될 일로구나 하고 느꼈다. 한 해 동안 글살림을 가다듬어서《10대와 통하는 우리말 바로쓰기》를 써낸다. 나중에 큰아이랑 작은아이가 커서 스스로 읽기를 바라면서 썼다.

· 서울시립미술관 '서울사진축제 2011'에서 〈사진책도서관 전시장〉 주관을 하였다. 사진책 200자락을 빌려주었는데, 이곳을 드나든 사람들이 사진책을 마구 읽거나 찢어가더라. 책은 함부로 밖으로 빌려주어도 안 되고, 이런 자리에 펼쳐도 안 된다고 뉘우쳤다.

· 고흥에 깃들자마자 '포스코 화력발전소 반대운동'을 함께했다. 고흥군수

가 매우 싫어했다.

2012년

· 두 아이를 돌보는 일에 온힘을 쏟다. 두바퀴에 붙인 수레에 아이 둘을 태우고서 고흥 곳곳을 누빈다. 바다도 멧골도 숲도 들도 날마다 달렸다. 비가 오건 눈이 오건 함께 두바퀴를 달렸다.

· 《사자성어 한국말로 번역하기》하고 《뿌리깊은 글쓰기》를 써내다.

2013년

· 부산 보수동책골목을 2000년부터 드나들었다. 그때부터 보수동책골목을 사진으로 담았다. 2004년부터는 보수동책골목 책잔치를 도왔는데, 어느덧 열 해에 이른 2013년이기에, 지난 열 몇 해에 걸쳐서 보수동책골목을 찍은 사진을 바탕으로 《책빛마실, 부신 보수동 헌책방골목》이라는 책을 내놓는다. 《책빛마실》은 서울에 있는 출판사에 맡기려고 했으나, 어찌저찌 부산에 있는 출판사에서 나왔다. 그런데 이 책을 펴낸 출판사는 '배본·전국유통'을 하겠다는 다짐을 어기고서 사라졌다. 아무래도 제작비를 떼먹고서 달아난 듯싶다.

· 한글문화연대 주관 '서울시 공공언어 순화작업' 연구분석원을 맡아서 서울 공문서 500꼭지를 손질해 주었다. 공문서란 끔찍하다. 끔찍한 글을 좀 읽을 만하게 고쳐주는 일삯은 터무니없이 적었으나, 살림에 보태려고 일을 맡았다.

· 비슷하지만 다른 우리말을 갈무리하는 꾸러미를 엮기로 한다.

· 여태까지 쓰던 글이름 '함께살기'를 내려놓고서 '숲노래'를 쓰기로 한다. "숲을 노래하는 눈빛"이라는 뜻이다.

2014년

- 인천문화재단에 다시 지원사업 공모를 넣어서 받은 돈으로 《책빛숲, 아벨서점과 배다리 헌책방거리》를 내놓다. 1992년부터 책손으로 드나들던 〈아벨서점〉을 다닌 스물두 해 발걸음을 묶다.
- 책마루숲(서재도서관) 이름을 〈사전 짓는 말숲, 숲노래〉로 바꾸다.
- 《숲에서 살려낸 우리말》을 써내다. 시골에서 나고자라는 어린이하고 푸름이가 읽을 책이 아예 없다시피 한 나라이기에, 누구보다 시골아이한테 이바지할 우리말 이야기를 여미려고 했다.
- 람타(RAMTHA)를 배우다.

2015년

- 두 아이를 두바퀴랑 수레에 태우고서 고흥 골골샅샅을 누빈 이야기를 간추려서 《시골자전거 삶노래》를 내놓다. 그런데 책을 펴낸 곳에서 배본·유통을 안 한다. 그곳에서 책을 내놓고서 둘레에 안 알리려면 안 맡겼을 텐데.
- '비슷한말'을 그러모으는 꾸러미를 엮느라 웬만한 다른 일은 안 하기로 한다. 두 아이를 돌보는 일에 마음을 쏟으려고 거의 웬만한 강의를 손사래친다. 강의를 안 하고서 두 아이를 돌보는 시골살이를 한다고 밝히니 "참 배부르시군요?" 같은 핀잔을 자주 듣는다.
- 《10대와 통하는 새롭게 살려낸 우리말》을 써내다. 이제는 '우리말 살려쓰기'를 살피는 이야기로 마음을 기울일 노릇이라고 느낀다.
- 우리 집 마당에 있는 후박나무가 우람하게 잘 뻗는다.

2016년

- 《새로 쓰는 비슷한말 꾸러미 사전》을 드디어 마무리해서 내놓는다. 막바지에는 이웃님하고 언니한테서 200만 원씩 살림돈을 받고, 펴냄터에서

도 500만 원을 미리 받아서 버티었다. 낱말책은 글손질을 열다섯벌은 해야 하는데, 《비슷한말 꾸러미》는 글손질을 서른벌 했다. 이렇게 하자니 그야말로 굶으면서 일을 했고, 여러 이웃님과 언니와 퍼냄터에서 살림돈을 보태어 주어서 가난살이를 지나갈 수 있었다.

· 11월 11일에 '제1회 서울서점인대회'가 열렸고, 이 자리에서 《새로 쓰는 비슷한말 꾸러미 사전》이 '올해의 인문책'으로 뽑힌다. 책집지기가 뽑은 올해 책이라는 이름이 고맙다. 비록 상금은 없어서 살림에 보태지 못 했지만.

· '스토리닷' 대표님이 책을 함께 내자고 말씀을 하셔서 《시골에서 책 읽는 즐거움》을 내놓는다. 어느 곳에서 어떻게 펴낼 수 있는지 모르더라도 꾸준하게 쓴 책글을 새삼스레 묶으면서 즐겁고 고마웠다.

2017년

· 지난해에 이어 '스토리닷'에서 《시골에서 살림 짓는 즐거움》을 써내다. "책읽는 즐거움"보다는 "살림짓는 즐거움"을 먼저 하고 싶었다. 누구나 조촐하면서 즐거이 시골살림을 누리고 나누고 익히면서 노래할 수 있다는 뜻을 담아서 나누려고 했다.

· 경기도의회 공문서 200건을 쉬운 우리말로 고쳐주는 일을 맡는다. 고쳐주기는 하는데, 고쳐주고 나서 바뀔까? 이렇게 고쳐주면 그 뒤로는 바꾸려나? 그런데 고흥이나 전남 공문서를 쉬운 우리말로 고쳐주기를 바란다는 말은 여태 들은 적이 없구나.

· '사전과 말'이라는 이름으로 '열걸음 이야기꽃'을 열 군데 마을책집·책숲을 찾아다니면서 편다.

· 《말 잘하고 글 잘 쓰게 돕는 읽는 우리말 사전 1 돌림풀이와 겹말풀이 다듬기》하고 《말 잘하고 글 잘 쓰게 돕는 읽는 우리말 사전 2 군더더기 한자말 떼어내기》를 써낸다. 《새로 쓰는 겹말 꾸러미 사전》하고 《마을에서 살

려낸 우리말》도 써낸다. 두 아이가 제법 컸기에 따로 낱말책과 글을 여밀 틈이 조금 늘었다.

2018년

- 올해에는 '스토리닷'하고 《시골에서 도서관 하는 즐거움》을 내놓는다. 고흥에서 지내면서 꾸리는 책마루숲을 잇는 일이 만만하지 않다. 고흥군수가 꾀하는 갖은 막삽질을 막아내는 일을 함께하다 보니, 군청에 늘 밉보이는 판이다. 그렇지만 나도 아이들도 삽질이 춤추고 풀죽임물이 드날리는 시골에서는 살 뜻이 없다. 고흥군은 "지붕없는 미술관"이라는 허울을 내세울 뿐, 정작 군수와 공무원이 밀어대는 일이란 "지붕없는 삽질판"이기 일쑤이다.
- 일본 도쿄 〈책거리〉에서 일본 이웃님한테 우리말꽃(국어사전) 이야기를 펴다. 2001년 뒤로 열일곱 해 만에 일본마실을 하면서 간다 책거리를 듬뿍 누렸다.
- 《내가 사랑한 사진책》을 써낸다. '사진 없이 사진비평'을 하는 꾸러미가 이 나라에 하나쯤 있어야 한다고 여기면서 묶었다. 《말 잘하고 글 잘 쓰게 돕는 읽는 우리말 사전 3 얄궂은 말씨 손질하기》도 써낸다.

2019년

- 경기도 공공언어를 쉬운 우리말로 고쳐주는 일을 맡는다. 또 맡는구나 하고 여기면서도 주섬주섬 추스르는데, 일삯도 적을 뿐 아니라, '잘 고쳐주기'보다는 '쉬엄쉬엄 조금 다듬기'를 바라더라. 그렇게 시늉으로 할 바에는 안 하는 쪽이 낫겠다고 여겨서, 이제는 경기도와 서울 공문서를 손질하는 일은 그만두겠다고 밝힌다.
- 《손질말 꾸러미(국어 순화어 사전)》를 쓰자고 생각한다. 살림돈에 보태려

는 '공문서 손질하기'는 그만두고, 누구나 《손질말 꾸러미》를 들추면서 글
손질을 익히는 길잡이로 삼는 꾸러미를 내놓자고 생각한다.

- 《새로 쓰는 우리말 꾸러미 사전》을 써낸다. 우리 마음을 담아내는 낱말을
어떻게 새로 지을 수 있는지 알려주는 꾸러미이다. 《우리말 글쓰기 사전》을
써낸다. 우리 마음을 스스로 어떻게 글로 담을 수 있는지 들려주는 꾸러미
이다. 《이오덕 마음 읽기》를 써낸다. 지난 2003~2007년 사이에 이오덕 어
른을 둘러싼 일을 맡으면서 새삼스레 되읽은 글과 책을 갈무리했다.

- 《우리말 동시 사전》을 써냈다. 큰아이는 아버지가 늘 글을 쓰기 때문에 1
살 때부터 저도 글을 쓰고 싶어했다. 큰아이한테 한글을 가르치고 우리말
을 들려주려고 노래(동시)를 꾸준히 썼다. 2009년부터 열 해 즈음 쓴 노래
를 다듬고 추슬러서 하나로 묶었다.

2020년

- 책마루숲(서재도서관) 이름을 〈말꽃 짓는 책숲, 숲노래〉로 바꾸다.
- '꽃피는 말과 책'이라는 이름으로 "동시 + 사진 전시"를 한다. "동시로 읽는
우리말 + 마을책집 사진 이야기"인 셈이고, 서울에 있는 〈꽃피는 책〉에서
폈다.
- 《말밑 꾸러미(어원사전)》를 쓰자고 생각하다. 이러면서 《모둠 꾸러미(종합
국어사전)》도 천천히 꾸리자고 생각하다.
- 2004년과 2006년과 2013년과 2014년에 낸 '책집 이야기'는 모두 판이
끊겼다. 이제 하나쯤 새로 엮어서 이웃님하고 함께 책마실을 다니기를 바
라는 뜻으로 《책숲마실》을 써낸다. '책숲마실'이라는 이름은 순천도서관
에 지어 준 이름인데, 순천도서관에서는 이 이름이 좋다고 여기면서도 안
쓰더라. 그래서 이 이름을 돌려받기로 하면서 내가 쓰기로 한다.
- 《우리말 수수께끼 동시》를 써낸다. 아이뿐 아니라 어른도 말빛과 말결과

말씨를 스스로 사랑하고 익히는 길에 어깨동무하기를 바라는 뜻으로 '노래 + 수수께끼 + 우리말'이란 얼거리로 묶었다.

2021년

- 인천 배다리책골목에서 "우리말꽃수다(국어 어원 강의)"를 거의 달마다 하루씩 이끈다. 2023년 겨울까지 했다.
- 서울에 있는 〈서울책보고〉에서 "손빛책, 헌책집·골목·아이들, 그리고 서울 〈골목책방〉"이라는 이름으로 사진 전시회를 제법 크게 연다. 〈서울책보고〉 바깥담을 따라서 헌책집 사진을 큼지막하게 붙이기도 했다. 여태 작은책집에서만 '헌책집 사진전시'를 쉰 벌 남짓 했는데, 커다란 곳에서는 처음으로 펼쳐 보았다.
- 《곁책》을 써낸다. '반려'라는 한자말을 넣어 '반려동물·반려식물'에 '반려도서'까지 쓰더라. 우리한테는 '곁'이라는 낱말이 있으니, '곁짐승·곁꽃·곁책'처럼 스스로 이름을 붙일 만하다.
- 《쉬운 말이 평화》를 써내다. 어린이하고 푸름이가 물어보는 이야기를 풀어서 들려준 '말과 삶과 넋'을 추스른 꾸러미이다.

2022년

- 작은아이하고 제주마실을 한다.
- 경북 상주에 있는 '푸른누리'에서 〈배달겨레소리〉를 낸다. 이곳에 꾸준히 글을 띄우면서, 이곳에서 새로 낼 낱말책인 《푸른배달말집》에 실을 낱말에 붙이는 뜻풀이를 한창 손질해 준다.
- 3월부터 11월까지 '서울책보고'와 함께하는 "보이는 라디오 : 전국 마을책집 이야기"를 찍었다. 이동안 경기 부천 〈용서점〉에서 다달이 "우리말꽃 : 우리말로 읽는 살림과 숲"이라는 이야기꽃도 폈다.

- 《곁말, 내 곁에서 꽃으로 피는 우리말》을 써낸다. 지난해에는 "곁에 둘 책"인 '곁책' 이야기를 묶었고, 올해에는 "곁에 둘 말"인 '곁말' 이야기를 묶는다.

2023년

- 부산에서 4월부터 〈생활예술모임 곳간〉과 함께하는 "살림씨앗 나눔수다 (인문학 특강 + 우리가 함께 쓰는 생활어사전 모임)"를 달마다 하루씩 이끌어 간다. 앞으로도 다달이 언제까지나 이 모임을 꾸리기로 한다.
- 8월부터 10월 사이에, '고흥 꿈꾸는 예술터'와 함께하는 '비주류 씨앗학교'로 "노래꽃수다(시창작교실)"를 이끈다. 고흥 곳곳을 함께 찾아다니면서 '쪽노래(단편시)'를 세 꼭지씩 쓰는 모임이다.
- 9월부터 12월 사이에 '전라남도교육청학생교육문화회관'과 함께하는 "독서 기반 문해력 향상교실" 24걸음을 맡아서, 세 군데 초등학교 어린이하고 만나서 우리말 이야기꽃을 펴다.

2024년

- 《우리말꽃》이라는 책을 써내다. 전남 고흥에서 글을 썼고, 부산에서 책을 펴냈다. 글과 책으로 영호남이 만나는 징검다리를 이루기를 바랐다. 이 책은 1994년부터 2024년 사이에 쓴 '우리말 이야기'를 추려서 냈다.
- 4월부터 부산 〈카프카의 밤〉과 함께하는 '이오덕 읽기 모임'을 꾸린다. 모두 14걸음으로 이끈다. '이웅모임'이라고 이름을 붙였다. "새롭게 있고, 찬찬히 읽고, 참하게 잇고, 느긋이 익히고"라는 뜻이다.
- 5월부터 부산 〈책과 아이들〉과 함께하는 '이오덕 읽기 모임'을 꾸린다. 모두 14걸음으로 이끈다. '바보눈 + 나살림'으로 이름을 붙였다. "바라보고 보살피는 눈 + 나를 살리는 씨앗"이라는 뜻이다.

- 6월 한 달 동안 '모르는책 들춰읽기'라는 이름으로, 부산 〈책과 아이들〉에서 "사전 편찬자가 보낸 40년 종이 기록" 전시회를 폈다.
- 7월 한 달 동안 '책집에 갑니다'라는 이름으로, 서울 〈문화온도 씨도씨〉에서 "전국 헌책방 살림빛 사진전시"를 꾸렸다.
- 8월부터 10월 사이에 '우리말로 노래밭' 24걸음을 고흥에서 편다. '호랑이는 고흥'에서 꾀하고 '한국문화예술교육진흥원'에서 꾸리는 "꿈다락 문화예술학교"라고 한다. 고흥이라는 고장에서 살아가면서 느끼고 돌아보는 하루를 쪽노래(단편시)로 담아내는 배움모임이다.
- '어원사전'인 《새로 쓰는 밑말 꾸러미 사전》을 2024년에 선보이려고 용을 쓰는데, 글손질이 안 끝나서 아무래도 2025년으로 넘길 듯하다. 《미래세대를 위한 우리말과 문해력》이라는 책도 2024년에 선보이려고 했으나, 이 책도 2025년으로 넘길 듯하다.
- 2033년에는 '숲노래'라는 이름을 내려놓고서, '파란놀'이라는 이름을 새롭게 쓰려고 한다. "파란바람으로 노을이 빛나고 너울치는 바다"라는 뜻이다.

그리고
- 앞으로도 '어떤 종이(자격증·운전면허증·졸업장)'는 없이 살려고 한다. 언제나 '어느 종이(글과 그림과 빛꽃으로 꿈과 사랑과 숲을 담는 살림 종이)'를 곁에 놓으려고 한다.
- 보금숲(보금자리숲)을 가꾸면서, 말숲과 글숲과 살림숲과 사랑숲과 노래숲과 이야기숲으로 깨어나는 하루를 돌보는 길을 걸으려고 한다.

들꽃내음 따라 걷다가
작은책집을 보았습니다

들꽃내음 따라 걷다가
작은책집을 보았습니다

들꽃내음 따라 걷다가
작은책집을 보았습니다

들꽃내음 따라 걷다가
작은책집을 보았습니다

초판 1쇄 발행 | 2024년 11월 9일

기획	숲노래
글·사진	최종규
펴낸이	이정하
디자인	정연경

펴낸곳	스토리닷
주소	서울시 서초구 방배동 934-3 203호
전화	010-8936-6618
팩스	0505-116-6618
ISBN	979-11-88613-47-2(03810)

홈페이지	blog.naver.com/storydot
인스타그램	@storydot
전자우편	storydot@naver.com
출판등록	2013. 09. 12 제2013-000162

스토리닷은 독자 여러분과 함께합니다.
책에 대한 의견이나 출간에 관심 있으신 분은 언제라도 연락주세요.
반갑게 맞이하겠습니다.